Jour de *Sharav* à Jérusalem

Pierre Lurçat

*A la mémoire de mes parents,
Liliane et François Lurçat*

*A Judith, qui a fait de moi
l'homme que je suis*

Jour de Sharav à Jérusalem

Il n'est pas d'heure à Jérusalem où l'on ne trouve quelque chose de la vie éternelle ; mais ce n'est pas donné à tout homme, car Jérusalem ne se découvre qu'à ceux qui l'aiment.

(*S.J. Agnon,* Le chien Balak)

Célébrations d'automne

Chaque année, avec le retour de l'automne, il sentait monter en lui un sentiment de nostalgie mêlé de joie, comme lorsque dans son enfance, il voyait arriver la rentrée des classes. Ce jour – que beaucoup d'enfants redoutaient, car il signifiait pour eux la fin des grandes vacances et le début de longues heures d'étude ennuyeuses et monotones – il le considérait comme le début d'une nouvelle vie pleine de bonheur et de petits plaisirs innocents, comme celui d'ouvrir une trousse flambant neuve et d'en sortir des stylos et des crayons parfaitement taillés, dont la mine piquait comme une épingle. À l'appréhension de découvrir ses nouveaux professeurs, avec leurs manies, leurs exigences et leurs têtes de Turc, se mêlait l'excitation d'ouvrir les livres neufs, humer leur odeur d'encre d'imprimerie et entamer l'étude de matières nouvelles, dont le nom était parfois aussi mystérieux que celui d'une terre lointaine sur la mappemonde.

La cour de récréation, emplie d'une foule d'enfants agitée, que les sifflets du surveillant parvenaient à peine à dompter ; les interminables parties de billes autour des marronniers aux larges feuilles en éventail, comme les doigts de la main, les jeux et les bousculades qui se poursuivaient pendant la longue interruption de midi, et le soleil rasant, colorant d'un rouge mordoré la cime des arbres du jardin du Luxembourg, qu'il traversait deux fois par jour, matin et soir... Automne ! Il regrettait cette saison, qui était autrefois sa préférée, dans le Paris de sa jeunesse, maintenant qu'il habitait à Jérusalem, où le climat passait presque sans transition de l'été chaud et sec à l'hiver froid et pluvieux.

Plus tard, il avait goûté d'autres saveurs et découvert d'autres sensations automnales : les fêtes, austères et solennelles, de *Roch Hachana* et de *Kippour*, et la foule des Juifs qui venaient expier leurs fautes et demander à Dieu de leur accorder une année douce. Il se souvenait de son étonnement, lorsqu'il était entré pour la première fois dans une synagogue et y avait découvert des Juifs affairés, posant le toit d'une cabane ; à cette époque il ne savait même pas ce qu'était une *Soucca*. À l'âge où ses camarades de lycée se préoccupaient de sport ou vivaient leurs premières aventures amoureuses, il avait découvert la religion de ses ancêtres et s'était mis à apprendre frénétiquement l'hébreu, seul, armé d'une Bible de Munk et d'un dictionnaire Larousse.

La première fois qu'il avait célébré *Kippour*, il avait passé presque une heure debout, à déchiffrer la prière des Dix-huit bénédictions, ânonnant chaque mot l'un après l'autre, pendant que les fidèles autour de lui, assis, écoutaient la lecture de la Torah.

« *Et que j'aime, ô saison, que j'aime tes rumeurs... Les fruits tombant sans qu'on les cueille* ». Ces vers d'un poète étudié au lycée, longtemps oubliés au fonds de sa mémoire, refirent surface après plusieurs décennies, en même temps que le nom de son professeur de français, Monsieur Boulitreau. Pendant de longues années, il avait effacé de son esprit toute trace de ces œuvres qu'il avait jadis aimées, voulant faire table rase de cette culture profane pour mieux s'imprégner, croyait-il, des mélodies antiques des textes hébraïques et araméens. À présent, tout cela lui semblait vain et illusoire. Il s'était finalement résigné à ne pas être devenu totalement israélien et à continuer à parler, à lire et à penser en français. Il prenait maintenant plaisir à réciter des poèmes d'Apollinaire ou des tirades entières de Racine.

« *Le vent et la forêt qui pleurent, – Toutes leurs larmes en automne feuille à feuille...* ». Pouvait-on aimer deux langues, deux cultures, deux pays en même temps ? L'amour jaloux et exclusif auquel il s'était entièrement donné, lui paraissait maintenant excessif et trompeur, comme un amour d'adolescent. Il aspirait à renouer les fils de son histoire personnelle, à rassembler le puzzle épars de sa vie, pour goûter enfin, après tant d'années de lutte, d'insatisfaction et d'aspirations violentes et inassouvies, un peu de sérénité et de bonheur. Vingt ans après son départ soudain et son installation en Israël – qui avaient surpris et attristé ses proches et ses amis – il commençait tout juste à retrouver un semblant d'unité dans sa vie déchirée, coupée en deux, et à comprendre les mots mystérieux de Rabbi Nahman : « *Il n'y a pas plus entier qu'un cœur brisé* ».

Écoutant à la synagogue la longue plainte du *chofar*, il y avait retrouvé comme un écho lointain de ses premières émotions musicales – une phrase d'une sonate de Beethoven qui avait le don de lui arracher des larmes de joie. Il avait enfin fini par comprendre que la nouvelle année n'était pas seulement un recommencement, une renaissance – dont la survenance au début de l'automne correspondait beaucoup mieux à la réalité intérieure et profonde du cycle de l'année, que les agapes païennes du premier janvier – mais qu'elle était aussi un renouvellement et un retour sur lui-même, sur les moments oubliés et longtemps reniés de sa jeunesse, dans lesquels il prenait maintenant plaisir à se replonger.

Le rabbin et le philosophe

Le rabbin Harlap avait-il, oui ou non, lu Nietzsche dans sa jeunesse ? Cette question bizarre et presque saugrenue, il se l'était posée pour la première fois en lisant un article consacré à la vie et à l'œuvre du grand kabbaliste de Jérusalem, décédé soixante ans auparavant, dont on venait de célébrer le *Yahrzeit*. Lorsqu'il avait appris que le Rav n'avait pas seulement étudié le Talmud, la loi juive et les textes ésotériques, qu'il connaissait sur le bout des doigts – au point qu'on le disait capable de réciter une page de *Guémara* après avoir enfoncé une aiguille dans un volume pris au hasard – mais qu'il avait aussi lu dans ses jeunes années les œuvres du philosophe allemand, il avait tout d'abord été intrigué et plutôt amusé.

Cet article iconoclaste avait d'ailleurs soulevé quelques protestations et un démenti avait même été publié dans un journal sioniste religieux, émanant d'un groupe de rabbins, scandalisés à l'idée que leur maître ait pu lire des livres profanes, écrits qui plus est par un philosophe allemand, dont certains avaient avancé la responsabilité dans la genèse du nazisme ! C'était entièrement faux, évidemment, car Nietzsche abhorrait tout antisémitisme et avait une grande affection pour le peuple Juif. Au-delà de l'aspect polémique, sa curiosité avait un motif personnel : lui-même avait, en effet, été autrefois un lecteur assidu du philosophe, dont il avait déchiffré tant bien que mal plusieurs textes dans l'original.

Il se souvenait de l'émotion ressentie lorsqu'il avait déniché dans une librairie de Tel-Aviv, par une chaude journée estivale, les éditions originales du *Gai Savoir* et d'*Ecce Homo*, imprimées en caractères gothiques presque indéchiffrables, que le libraire avait sans doute achetées pour une poignée de shekels aux enfants d'un de ces nombreux « *Allemands de confession mosaïque* », réfugiés en Palestine au début des années 1930. Il furetait alors dans les librairies d'occasion à Tel-Aviv, en touriste, tout comme il le faisait à Paris, sur les quais de la Seine et il était à mille lieues d'imaginer qu'il se retrouverait quelques années plus tard à Jérusalem, avec femme et enfants !

Leur décision avait été prise en l'espace de quelques semaines, en pleine « *Intifada des banlieues* », alors que les synagogues s'étaient mises à brûler en France et que les autorités peinaient encore à reconnaître l'existence de cette nouvelle vague d'antisémitisme… Le retour en Eretz-Israël s'était accompagné d'une découverte de la tradition juive dont il n'avait pratiquement rien connu jusqu'alors. C'est pourquoi les ouvrages de Nietzsche, comme la plupart des livres emportés avec eux dans leurs malles, avaient fini dans des cartons, avaient été relégués dans une cave ou égarés lors d'un des nombreux déménagements consécutifs à leur *alyah*, alors qu'il s'adonnait désormais à la lecture de textes beaucoup plus anciens, écrits en lettres carrées.

Ce n'est que bien plus tard qu'il se replongea dans la lecture du philosophe, après avoir lu l'article consacré au Rav Harlap, qui avait éveillé sa curiosité. Ouvrant un volume de *Zarathoustra* aux pages jaunies, il y trouva un petit mot écrit de la main de son père, vingt ans plus tôt, qui avait recopié une citation de Nietzsche. « *Si vous ne pouvez être des saints de la connaissance, soyez-en au moins les guerriers* ». Il se revit alors, par les yeux de l'esprit, à l'âge de dix-sept ans, en pleine période nietzschéenne, quand son père et lui se lançaient dans d'interminables discussions, partageant les mêmes passions et les mêmes découvertes littéraires.

Ils s'étaient rendus tous les deux dans la maison du philosophe à Sils-Maria, où ils avaient découvert, après une pénible ascension dans un petit funiculaire parcourant les montagnes escarpées et verdoyantes de l'Engadine, quelques meubles vieillots et des manuscrits ayant appartenu au philosophe. Devenir des guerriers de la connaissance ! Il en avait presque fait sa maxime de vie personnelle à cette époque et avait dévoré avec la même passion les Présocratiques, les dialogues de Platon et les auteurs modernes, avant de se tourner vers d'autres horizons intellectuels.

Quand il était entré pour la première fois dans la maison d'étude, dans une petite rue tranquille et ombragée du quartier de Katamon, à Jérusalem, il s'était dit qu'il avait enfin trouvé le lieu qu'il recherchait depuis toujours. « *Donne-toi un maître et fais-toi un ami* » : pour la première fois de sa vie, il pensait avoir réussi à se conformer à l'injonction de la *Michna*, premier pas vers la sagesse. Profitant d'une courte pause entre deux cours de Torah, il avait lancé le sujet sur le tapis, sans se douter qu'il allait provoquer l'ire du rabbin : « *J'ai entendu dire que le rav Harlap avait lu Nietzsche dans sa jeunesse… »*.

Le maître l'avait regardé d'un air vaguement interloqué, avant de se lancer dans une longue tirade sur les racontars entourant la vie de nos Sages et sur l'incompatibilité fondamentale entre l'étude des textes sacrés et la lecture, fut-elle superficielle ou occasionnelle, des ouvrages de *philosophie* (Il avait prononcé ce mot avec un accent de dédain, pour bien montrer ce que cette science avait de vain à ses yeux…) « *Entre la Vérité et la Paix, je choisis la Vérité* », avait pourtant dit un jour le rabbin. Mais cette devise s'était avérée difficile à mettre en application, lorsqu'ils étaient confrontés à une question sensible.

En y repensant, le lendemain, il se dit que le maître avait sans doute eu raison. Cependant, la vérité énoncée entre les murs de la maison d'étude, quand il se laissait bercer par la musique des paroles de Torah et que l'odeur de jasmin pénétrant par la fenêtre entrouverte l'enivrait légèrement, n'était plus aussi évidente, une fois sorti de l'atmosphère prenante du Beit Midrash et quand la réalité profane reprenait ses droits… Pouvait-il y avoir deux vérités concomitantes, et comment concilier la Torah éternelle et la pensée fulgurante du philosophe de Sils-Maria ? – se demanda-t-il en contemplant le ciel étoilé de Jérusalem.

Un écrivain au sommet de sa gloire

Ces derniers temps, il avait du mal à trouver l'inspiration. Il lui arrivait de plus en plus fréquemment de repenser à ses débuts d'écrivain, alors qu'il se trouvait maintenant au faîte de sa gloire. Il était régulièrement interviewé à la radio, dans les journaux et les émissions littéraires à la télévision. Il avait reçu des prix prestigieux, en Israël et à l'étranger, et son nom avait même été évoqué plusieurs fois comme un possible candidat au Prix Nobel de littérature. Il se souvenait avec nostalgie de ses jeunes années ; son départ au *kibboutz*, lorsqu'il avait fui la ville, son brouhaha et ses mondanités. Sa rencontre avec son oncle, historien renommé qui l'avait encouragé à poursuivre ses velléités d'écriture. Ses premières nouvelles, publiées dans des revues littéraires, et l'émotion qu'il avait ressentie en voyant pour la première fois son nom imprimé. Son premier recueil publié, l'odeur des livres sortis des cartons, les premières critiques positives…

Le succès était venu rapidement, alors qu'il avait moins de trente ans. On l'avait qualifié d'écrivain prometteur et rangé parmi les représentants de la « *nouvelle vague* ». Chacun de ses nouveaux romans ou recueils de nouvelles était attendu par les lecteurs et mentionné par les critiques. Au début, il tentait de s'isoler du monde littéraire, le jugeant surfait et superficiel. Il préférait s'enfermer chez lui, ne pas répondre aux sollicitations et se plonger dans son monde intérieur. Mais progressivement, il avait fini par céder aux appels pressants de son attachée de presse, qui l'enjoignait de participer aux événements de promotion et aux signatures de ses livres. Il avait parcouru tout le pays, du nord au sud, ne négligeant aucun *moshav*, aucune petite localité du fin fond du Néguev ou de la Haute-Galilée.

Très vite, son succès avait dépassé les frontières du pays. Il avait été traduit en France, en Italie, en Allemagne et – consécration suprême pour tout écrivain israélien – aux États-Unis. On l'invitait dans des salons et des foires, à Francfort ou à Milan, et il en avait profité pour voyager et découvrir le monde. Il poursuivait sa description du kibboutz et de la génération des fondateurs, qu'il dépeignait sous un jour acerbe et ironique, s'employant à détruire les mythes héroïques que les écrivains des générations précédentes avaient patiemment édifiés.

Longtemps, il s'était contenté de cette critique sociale, sans vouloir aborder de thèmes politiques brûlants. Mais tout avait changé après 1967. Il avait alors déclaré publiquement son rejet de la politique d'implantation et son adhésion au principe de la « *paix contre les territoires* ». Ces prises de position lui avaient valu un nouveau statut : celui de l'écrivain engagé. Certains journalistes étrangers l'avaient appelé la « *conscience d'Israël* »... En Israël même, on lui avait reproché de s'être engagé de manière résolue dans le débat politique, mais en contrepartie, sa notoriété à l'étranger avait été décuplée. Aux États-Unis, où tous ses livres étaient désormais traduits dès leur parution, il était invité à s'exprimer devant des auditoires d'étudiants ou de diplomates dans de prestigieuses universités de la côte Est et de la Californie.

Paradoxalement, c'était en Allemagne qu'il était devenu le plus célèbre. Au début, il avait été quelque peu réticent à se rendre dans le pays qui avait assassiné un tiers de son peuple et une grande partie de sa famille. Mais il avait vite découvert que les jeunes Allemands ne ressemblaient pas du tout à leurs grands-parents. Ils aimaient les écrivains juifs, même lorsqu'ils venaient d'Israël, surtout lorsqu'ils n'hésitaient pas à attaquer publiquement leur gouvernement. Il était souvent invité par des universités allemandes et il avait même reçu le Prix Goethe, doté d'une généreuse subvention, ce qui contribua à dissiper ses dernières réticences. Curieusement, il avait découvert récemment qu'il éprouvait plus d'affinités culturelles avec les lecteurs étrangers qu'avec ceux de son propre pays.

Là-bas, il était hébergé dans les meilleurs hôtels, dînait dans les restaurants à la mode de Paris, de Rome ou de Berlin. Les suppléments littéraires du *Monde*, de *La Stampa* et de *Die Welt* lui ouvraient leurs colonnes et lui consacraient des articles élogieux. En Israël, il était certes lu et apprécié, mais il ressentait de plus en plus vivement le fossé qui s'était creusé entre lui et son peuple. Il faisait désormais partie de l'élite intellectuelle, qui lisait dans *Ha'aretz* les éditoriaux et les critiques gastronomiques, mais se considérait comme très éloignée – et, à vrai dire, bien au-dessus – de la masse du peuple israélien. En vérité, il se sentait bien plus proche d'un intellectuel new-yorkais ou berlinois que des vendeurs du marché Ben Yehouda, ou de ces chauffeurs de taxi braillards et incultes, qui le confondaient régulièrement avec un acteur de série B !

Parfois, après un dîner trop arrosé dans un restaurant, lors d'un voyage à l'étranger, il lui arrivait de se replonger par la pensée dans l'époque de sa jeunesse et de ses débuts d'écrivain. Il se rappelait les mots de S.J. Agnon – le modèle de toute une génération – qu'il avait rencontré quelques années avant sa mort. Le vieil écrivain juif au visage ridé, originaire de Galicie, l'avait encouragé à se consacrer à l'écriture et à renoncer à la politique, à une époque où il hésitait encore sur son avenir. *« Donne-toi tout entier à la littérature et n'y mêle pas tes opinions politiques »*, lui avait-il dit. Il l'avait remercié et avait fait tout le contraire.

Dans le fond de son cœur, il savait pertinemment que sa notoriété internationale tenait tout autant à son statut de militant pacifiste qu'à la qualité de son œuvre. Il méprisait toute cette écume, ces dîners, ces compliments exagérés, ces prix littéraires truqués... Toute cette vie artificielle qu'il avait autrefois dédaignée, mais aux attraits de laquelle il avait fini par succomber. De la terrasse de son hôtel, il contemplait les lumières de Paris et se remémorait la vie simple et austère du kibboutz. Son cœur se serra à l'idée que le temps de sa jeunesse et de ses idéaux était irrémédiablement révolu.

Le violon de David Gritz

Le destin existe-t-il ? Le nom de David Gritz m'était revenu en mémoire, alors que je descendais la rue Hillel avec mon ami Réouven qui me parlait d'un jeune étudiant français, grièvement blessé dans l'attentat de la cafétéria de l'université hébraïque où David avait trouvé la mort. C'était en août 2002, en pleine Intifada, à l'époque où les autobus explosaient au centre de Jérusalem et de Tel-Aviv presque chaque semaine. Une véritable guerre se déroulait dans les rues, les cafés et les marchés des grandes villes d'Israël, guerre encore plus terrible que les précédentes, car pour la première fois depuis 1948, elle touchait presqu'exclusivement les civils – hommes, femmes et enfants – placés en première ligne face aux terroristes kamikazes.

Nous avions quitté le pays pour une année sabbatique en France et nous trouvions à Paris lorsque la nouvelle de l'attentat de la cafétéria se répandit comme une traînée de poudre dans la communauté juive, suscitant une vague d'émotion sans précédent en plein mois d'août. Beaucoup de gens qui, comme nous, ne connaissaient pas David Gritz, s'étaient rendus spontanément à son enterrement, au cimetière du Montparnasse, et nos craintes de voir les parents du défunt presque seuls s'étaient avérées infondées : une foule considérable les entourait, amis, lointaines connaissances ou personnes qui, comme nous, avaient voulu rendre un ultime hommage à ce jeune homme qu'ils n'avaient jamais rencontré.

À la tristesse de circonstance s'ajoutait le sentiment d'une perte injuste et d'une douleur insondable. Les parents de David, drapés dans leur deuil comme les personnages d'une tragédie antique, avaient réussi à conserver une dignité exemplaire. Les regardant de loin, debout devant la tombe ouverte de leur fils unique, je repensais à d'autres scènes terribles dont Israël avait été le témoin ces dernières années. La « *famille des endeuillés* » – expression typiquement israélienne qui n'existe, à ma connaissance, dans aucun autre pays du monde – s'élargissait chaque semaine aux parents d'une nouvelle victime du terrorisme. Combien d'enfants avaient été enterrés par leurs parents, combien de frères, de fils, de petits-fils avaient été conduits à leur dernière demeure au cours de ces années sanglantes ?

Mais dans le cas de David, il y avait une dimension supplémentaire, car il n'était pas né dans ce pays et dans cette ville où il avait trouvé la mort. Le jeune étudiant prodige, philosophe surdoué au sourire tellement doux et au regard si profond, qui était venu passer l'été à Jérusalem pour étudier à l'université hébraïque et à l'institut Shalom Hartman, n'était même pas juif au regard de la *hala'ha*, étant né d'une mère catholique croate et d'un père juif américain. Rien, dans l'éducation laïque et cosmopolite qu'il avait reçue, ne le prédestinait à venir séjourner en Israël et à étudier le judaïsme dans la capitale du Peuple juif, dont il savait pertinemment qu'il ne faisait pas pleinement partie, ayant même envisagé un moment de se convertir.

Il y avait quelque chose de cruel et de presque insensé dans le destin de ce jeune homme à l'intelligence hors du commun, sur le berceau duquel s'étaient penchées de nombreuses fées, mais dont les dons multiples n'avaient pas encore pu donner tous leurs fruits. Philosophe, artiste, musicien : David était tout cela à la fois. Relisant, plusieurs années après sa fin tragique, le petit livre de philosophie publié à titre posthume à partir de son mémoire de maîtrise, je réalisai tout d'un coup que le sujet qu'il traitait était intimement lié à sa fin prématurée.

« *Clic, un coup de pouce dans l'intérieur de la tête et vous disparaissez. La jeunesse – éternelle – ô, mon passage sur cette terre !* » David Gritz avait écrit ces mots prémonitoires dans son Journal, un an tout juste avant l'horrible attentat où il perdit la vie, lorsque la bombe du terroriste palestinien explosa dans la cafétéria où il était attablé et qu'un boulon lui transperça le cerveau... Avait-il eu le pressentiment de son sort tragique ? Cette question, on se la posait souvent en Israël, lors de la mort de jeunes soldats dont les proches retrouvaient des poèmes ou des chansons contenant des mots prémonitoires. Il y avait même en Israël un genre particulier de chansons, qui passaient en boucle à la radio le jour du Souvenir des soldats : les chansons écrites par des soldats morts à vingt ans.

Que restait-il de lui ? – pensai-je en regardant le portrait de David sur un site Internet consacré aux victimes d'attentats. Un petit livre bleu et noir, plein de savoir et de promesses ; quelques photos et des souvenirs qui s'estompaient déjà dans l'esprit de ceux qui l'avaient connu et aimé... Que restait-il d'un être humain après son bref passage sur cette terre ? Je me souvenais de l'impression étrange ressentie en ouvrant les cartons emplis d'objets hétéroclites laissés par un vieux cousin, mort sans héritier. David Gritz était lui aussi mort sans enfant, unique descendant de parents pour qui il était tout, branche ultime d'une lignée qui resterait coupée pour l'éternité. Le terroriste avait-il donc gagné ?

La réponse à cette question, je la trouvai quelques années plus tard, dans les pages d'un livre écrit par un kabbaliste du Moyen-âge. « *Chaque âme humaine qui descend sur la terre est comme une voix particulière qui se joint au chœur des louanges pour l'Eternel, béni soit-Il* ». De prime abord, ces lignes me parurent mystérieuses, mais en les relisant, je pensai soudain à David Gritz et à son violon, dont il jouait à merveille, avais-je entendu dire. Le terroriste, qui avait assassiné David, avait certes tué son corps mais sa victoire n'était pas totale. Car l'âme du jeune musicien était éternelle et sa voix particulière et unique ne s'éteindrait jamais ; elle continuerait de résonner dans les sphères célestes supérieures, juste en-dessous du Trône de Gloire, à la place réservée aux Justes morts pour la Sanctification du Nom.

Jour de *sharav* à Jérusalem

Lorsqu'il s'était levé, ce matin-là, le soleil brillait et le ciel était d'un bleu intense. Rien ne laissait présager que le temps changerait subitement. Ils s'étaient retrouvés en début d'après-midi, à son hôtel, au centre de la ville. Cela faisait plusieurs années – six ans, sept ans peut-être ? – qu'il ne l'avait pas revue, mais elle était restée aussi jeune que dans son souvenir. Ils reprirent leur conversation, comme s'ils s'étaient quittés la veille. Elle travaillait dans une organisation humanitaire à Paris, à un poste de responsabilité. Elle lui demanda des nouvelles de sa femme et de ses enfants. Il préféra ne pas lui poser de questions, sachant que son mariage n'était pas très heureux. Ils descendirent la rue des Prophètes en direction de la Vieille Ville et s'arrêtèrent au nouveau centre commercial de Mamilla, juste en dehors des murailles.

Assis en face d'elle, à la terrasse d'un café, il la dévisageait, tout en l'écoutant raconter sa vie. Elle alluma une cigarette – elle fumait toujours autant, pensa-t-il avec un pincement au cœur, et il y eut un moment de silence. « *Le centre commercial Mamilla attire beaucoup de visiteurs dans la Vieille Ville* », dit-il pour meubler la conversation. « *Certains pensent que c'est une bonne chose, cela donne un cachet plus moderne à cette partie de la ville, saturée d'antiquités... D'autres trouvent au contraire que cela porte atteinte au caractère sacré de Yeroushalayim.* » – « *Les nouveaux marchands du Temple* », en quelque sorte, ironisa-t-elle. Il eut envie d'évoquer de vieux souvenirs mais se retint, ne voulant pas risquer de gâcher le bonheur de la retrouver. Ils s'étaient rencontrés pendant leurs études et avaient connu une brève histoire d'amour. « *Sous le pont Mirabeau coule la Seine...* »

Il n'avait jamais relu les auteurs classiques qui avaient nourri son adolescence parisienne, depuis les jours lointains de son *alyah* et de son installation à Jérusalem. Comme s'il avait voulu effacer de sa mémoire jusqu'au souvenir de ces poèmes, appris par cœur et récités si souvent dans sa jeunesse. À l'âge de vingt ans, il avait abandonné des études prometteuses pour partir en Israël. Il avait servi dans l'armée, s'était marié et était devenu guide touristique. Le *sharav* – le vent du désert – se leva soudainement. Les pare-brise des voitures se couvrirent de sable. « *Jérusalem est construite en bordure du désert* », lui expliqua-t-il. Ils descendirent vers le Kotel, traversant le quartier arménien, et passèrent devant l'ancienne synagogue de la *'Hourva*, qui venait d'être reconstruite. Il lui raconta comment elle avait été détruite en 1948 par la Légion jordanienne – cette même Légion, qui avait transformé les tombes du cimetière juif du mont des Oliviers en latrines – et pourquoi sa reconstruction était vécue comme un symbole important.

Il alla prier *Min'ha*, l'office de l'après-midi. L'officiant, un Juif américain, portait une calotte noire et se balançait avec grande ferveur. Il pensa en le regardant que c'était cela qui l'avait immédiatement attiré à Jérusalem. Tout y était tellement plus intense, plus authentique ! Il avait mis longtemps à comprendre le secret de cette attirance qu'il avait éprouvée, presque instinctivement, la première fois qu'il avait foulé le sol de ce pays et visité cette ville. Était-ce la ferveur religieuse, ou peut-être le sentiment de vivre au centre névralgique, au cœur du monde ? De nombreux Israéliens et Juifs de la diaspora reprochaient à la Ville Sainte d'être « *trop religieuse* » et lui préféraient Tel-Aviv, la ville qui ne dort jamais... Comment pouvait-on préférer la cité-phare du sionisme laïc, construite à partir de rien sur les dunes de Jaffa, moderne et superficielle, à la capitale du Royaume de David, au milieu de laquelle se dressait le vestige de notre Temple en voie de reconstruction ? Elle non plus ne dormait jamais, mais ses nuits étaient consacrées à la prière et à l'étude de la Torah.

Quand ils se retrouvèrent sur l'esplanade, le soir tombait et le *sharav* soufflait en rafales. Ils remontèrent vers le centre-ville en longeant les murailles, sans dire un mot. L'air était jaune, empli de sable, et de grosses gouttes se mirent à tomber. En arrivant rue Yaffo, il entendit une passante qui criait dans son téléphone portable : « *Bots !* – Le ciel est plein de boue ! » Il la raccompagna jusqu'à la porte de son hôtel et ils se séparèrent. Il se hâta vers la place du *Mashbir*, courbant la tête face au vent qui se déchaînait. Un court instant, il imagina ce qu'aurait pu être sa vie, s'il avait choisi de rester à Paris et d'aimer cette femme, autrefois si proche et maintenant si différente de lui. Il aurait sans doute connu une existence plus facile. Il aurait été plus riche, serait parti en vacances deux ou trois fois par an. Ses fils n'auraient pas eu à faire l'armée pendant trois longues années ni à risquer leur vie... Mais il chassa ces mauvaises pensées et s'engouffra dans l'autobus bondé qui venait d'arriver à la station.

Un Juif pouvait-il vivre ailleurs qu'à Jérusalem ? Un homme marié pouvait-il aimer une autre femme que la compagne de sa jeunesse et la mère de ses enfants ? Celle-ci n'était-elle pas l'unique et l'irremplaçable, tout comme Jérusalem, vers laquelle des générations de Juifs avaient prié ? D'autres villes, d'autres femmes étaient sans doute aussi belles et aussi désirables. Mais aucune ne possédait l'attrait unique de l'éternité. Car Jérusalem était la ville éternelle, dont la beauté traverse les siècles, inaltérable. Elle était comme ce vin vieilli dans des outres – dont parle le *Midrash* – au goût de paradis... Quand il arriva chez lui, le vent s'était calmé et la nuit était entièrement tombée, noire et profonde. Assoupie dans sa robe nocturne, antique et mystérieuse, la ville respirait sous le ciel étoilé, et l'écho de son souffle serein et majestueux se propageait loin, très loin, par-delà les remparts et jusqu'aux monts de Moab.

Chopin à Jérusalem

Le concert avait lieu à Michkenot Chaananim, juste en dessous du Moulin de Montefiore, dans le quartier de Yemin Moché, situé en dehors des murailles de la Vieille Ville. Ils étaient arrivés très en avance, comme toujours ; sa femme lui reprochait régulièrement d'arriver les premiers aux mariages ou autres cérémonies dans lesquels ils étaient invités, parfois même avant l'orchestre et la famille des mariés… Mais pour rien au monde, il n'aurait voulu se couvrir de honte en dérangeant l'auditoire après le début du concert ! Devant eux, assis au premier rang, l'attaché culturel de l'ambassade cherchait du regard des personnes de connaissance dans l'assistance et répondait aux saluts par un léger hochement de tête, un peu plus appuyé lorsqu'il s'agissait de femmes et avec un large sourire si elles étaient jeunes.

Depuis combien d'années ne s'était-il pas rendu à un concert de musique classique ? se demanda-t-il en lisant le programme. Dix, quinze ans ? Le pianiste, un jeune prodige du Conservatoire, s'installa derrière le piano à queue et se concentra un long moment avant d'attaquer le premier morceau, un *Impromptu* de Schubert. Au début, il lui sembla que le morceau lui était familier, sans qu'il puisse se rappeler où et quand il l'avait entendu. Puis, son souvenir s'éclaircit soudain, comme un ciel d'hiver aux nuages balayés par le vent, et il revit son jeune frère en train de jouer, dans la maison d'Abou Tor où ils avaient passé leur enfance. Malgré les années écoulées, il retrouva la mélodie et le rythme et se mit à pianoter sur ses genoux, comme autrefois, quand ils apprenaient la musique avec Madame Chargorovski, leur professeur de piano.

Son frère était plus doué que lui et elle disait qu'il pourrait devenir pianiste professionnel, s'il y consacrait suffisamment d'efforts. Mais il préférait s'adonner à l'étude des textes sacrés et avait bientôt renoncé au piano et à tous ces autres plaisirs futiles pour entrer à la *yéchiva*. Leurs chemins s'étaient écartés à cette époque, quand son frère était allé étudier à Bné-Braq et qu'il avait progressivement espacé ses visites à Jérusalem, rejetant le judaïsme de ses parents, éclairé et trop tiède à ses yeux, pour adopter le mode de vie rigoriste des Juifs orthodoxes de stricte observance.

Le pianiste entama ensuite un morceau de Chopin. Dès les premières notes, il reconnut une valse qu'il avait jouée autrefois. C'était une valse triste – que le compositeur à la santé fragile avait dû écrire lors d'un de ses fréquents accès de mélancolie – mais en l'écoutant jouer ici, à Jérusalem, il sentit monter en lui un sentiment de bonheur et se remémora de lointains souvenirs associés à cette musique, qui lui était si familière. Chaque fois qu'il lui arrivait d'entendre des notes de piano, s'ébruitant à travers une fenêtre, dans la rue ou parfois même dans l'autobus – car certains conducteurs, rares il est vrai, préféraient la radio classique aux stations d'information ou de musique orientale – il était immanquablement ramené à ces années heureuses de leur enfance à Abou Tor.

Il avait lui aussi abandonné le piano assez jeune, lorsqu'il était parti faire son service militaire. Par la suite, il avait choisi de vivre dans un *yichouv* en Samarie, préférant la vie rude des pionniers à celle, plus embourgeoisée, des habitants de la capitale. C'est à cette époque qu'il avait cessé d'écouter de la musique classique, car la caravane où il habitait alors – seul tout d'abord, puis avec sa femme pendant les premières années de leur mariage – ne comportait que le mobilier le plus rudimentaire et pas de chaîne stéréo. Comment pouvait-on vivre sans écouter de disques ? lui demandait toujours son père lorsqu'il lui rendait visite, s'émerveillant de la beauté du paysage des collines de Samarie, tandis que sa mère lui reprochait de vivre dans un confort spartiate, alors qu'il aurait pu habiter un vrai appartement plus près de chez eux, à Katamon ou à Baka.

Le pianiste égrenait les notes de la valse, une « *grande valse brillante* » que Chopin avait sans doute écrite pour une comtesse ou une baronne dont il était secrètement épris. La pensée qu'il avait dépassé l'âge auquel était mort le compositeur ranima en lui une question lancinante, comme une douleur que le froid réveille : qu'avait-il fait de sa vie ? Où étaient passés ses rêves de jeunesse ? Pendant des années, il avait enfoui cette question au tréfonds de son âme, pris par le tourbillon de la vie quotidienne : l'armée, les études, le travail, puis son mariage et l'éducation de ses enfants. Mais ces derniers temps, elle était revenue le hanter. Elle le réveillait la nuit et le dérangeait dans son travail, au milieu de la prière ou des conversations avec ses proches.

Le concert touchait à sa fin. Sous un tonnerre d'applaudissements, le jeune pianiste fit une première sortie, revint saluer l'auditoire, puis repartit avant de revenir pour jouer encore deux morceaux afin de remercier son public, un *Prélude* de Chopin et *La Tempête* de Beethoven. Quand ils sortirent de la salle de concert, l'écho de la musique résonnait encore à ses oreilles et il lui sembla que le ciel étoilé de Jérusalem avait une couleur différente, plus profonde que d'habitude. « Tu as bien aimé ? » lui demanda sa femme. Un bref instant, il eut envie de lui raconter toutes les émotions et les souvenirs que la musique avait suscités en lui, mais il se ravisa et répondit, en étouffant un bâillement : « Modérément, c'était un peu long… Et toi ? ».

La deuxième vie de Réouven Auster

À la mémoire de Madeleine Neige

Réouven Auster ! Je tombai sur son nom par hasard, lors d'un voyage à Paris, dans l'annonce d'une conférence de l'Association des Amis de l'Université de Jérusalem, lors de laquelle il devait intervenir. Nous nous étions perdus de vue après son départ d'Israël, plusieurs années auparavant, lorsqu'il avait décidé de quitter le pays de manière totalement inattendue, laissant derrière lui femme, enfants et son poste de rédacteur en chef d'un journal francophone, pour retourner en France, après plus de vingt années en Israël. Cette décision, que rien n'avait laissé présager dans les mois qui précédèrent son départ, sema la consternation chez ses amis et connaissances et devint pendant plusieurs semaines le sujet de toutes les conversations et des cancans dans les milieux français de Jérusalem. La rédaction de son journal fut assaillie de lettres de lecteurs, scandalisés, courroucés ou tout simplement étonnés de voir que le responsable d'une publication sioniste, connu pour son engagement sans faille, faisait soudain défection…

De l'avis de tous, Réouven incarnait en effet un modèle de réussite sioniste. Monté en Israël après son baccalauréat, il avait entamé des études d'histoire à l'université de Jérusalem, et choisi de vivre dans le *yichouv* Éli, en Samarie, préférant le cadre austère et presque ascétique de cette localité de taille modeste au mode de vie urbain, beaucoup plus confortable, de la capitale. C'est là-bas qu'il avait fondé avec sa femme – connue dans un mouvement de jeunesse juif – un « *foyer fidèle en Israël* » selon l'expression consacrée, et qu'ils avaient élevé leurs quatre enfants. J'avais fait sa connaissance dans le cadre du journal, dans lequel j'écrivais des chroniques littéraires, et nous avions noué des relations d'amitié, renforcées par des intérêts et des convictions partagés.

Je me souviens encore de ma stupéfaction le jour où je découvris, comme des centaines de lecteurs, l'éditorial dans lequel Auster expliquait qu'il rentrait en France pour une durée indéterminée, non pas pour fuir Israël ou – à Dieu ne plaise – par renoncement aux idéaux du sionisme, mais bien au contraire, écrivait-il, pour y poursuivre le combat en incitant d'autres Juifs à venir s'installer en Israël, ou du moins à soutenir l'économie de notre petit pays, dont le budget était lourdement grevé par les dépenses militaires... Ces explications, loin de satisfaire les lecteurs, ne firent qu'augmenter leur désarroi et leur colère. Comment pouvait-on parler sans ironie du « *sionisme* » de celui qui, confortablement installé à Paris, allait prêcher la bonne parole pour « *faire partir un Juif en Israël avec l'argent d'un autre Juif* » – comme dans la vieille plaisanterie – ou inciter à soutenir financièrement l'État juif, toutes choses fort louables au demeurant, mais très éloignées du sionisme réalisateur de ceux qui étaient venus en Eretz-Israël « *construire et se construire* », au lieu de rester en exil pour « *s'acquitter de leur devoir envers le sionisme par des discours ou par la collecte du shekel* », selon les termes toujours actuels de notre grand écrivain, Samuel Joseph Agnon ?

Ce n'est que plusieurs mois plus tard que j'appris le fin mot de l'affaire. Réouven Auster avait décidé de quitter le pays pour aller retrouver à Paris sa nouvelle compagne, pour laquelle il avait abandonné sa femme et ses enfants, et accessoirement, pour y soutenir sa thèse de doctorat. Paradoxalement, cette circonstance qui, pour beaucoup, ajoutait encore au scandale, atténua à mes yeux le caractère répréhensible de son choix. Auster n'était plus le « *renégat* » qui trahissait les idéaux sacrés de notre jeunesse pour retourner vivre sur les rives de la Seine. Il était, beaucoup plus prosaïquement, un homme d'âge mûr, marié et père de famille, qui avait voulu refaire sa vie.

Je me rendis à la soirée des Amis de l'Université de Jérusalem, qui se tenait dans les salons d'un hôtel parisien, espérant y rencontrer Réouven et entendre de sa propre bouche le récit de sa nouvelle vie. Assis dans le fond de la salle, je l'observai à la dérobée, pendant qu'il exposait la situation actuelle en Israël, et nos problèmes économiques et politiques. Il portait toujours un couvre-chef, mais il avait troqué la grande *kippa* crochetée et colorée des habitants de Judée-Samarie contre une petite calotte noire, plus discrète, qui convenait mieux à son nouveau statut. Je tentai de déceler sur son visage ou dans son attitude un signe du changement intérieur qu'il avait dû subir. Le ton de sa voix était resté le même, et aucune de ses paroles ne trahissait une quelconque modification de sa conception du monde. Bien au contraire, il fit un éloge vibrant de l'apport du judaïsme français à la pérennité d'Israël et évoqua même, au détour d'une phrase, le rôle des nouveaux émigrants de France dans la société israélienne.

À la fin de la conférence, le public applaudit longuement et se leva pour gagner le buffet, des boissons et des amuse-gueule disposés sur une longue table. Au milieu de la cohue, je cherchai à m'approcher de Réouven, entouré de plusieurs personnes venues le féliciter ou lui poser des questions. Il avait pris quelques rides, mais l'expression de son visage était demeurée inchangée. Le voyant sourire à une jeune femme élégante, qui paraissait apprécier sa conversation, je me demandai s'il s'agissait de sa nouvelle compagne. Je me rappelai alors l'avoir entendu, il y avait longtemps, comparer la beauté des femmes d'Israël et celle des Françaises. Il soutenait que ces dernières étaient bien plus sophistiquées et apprêtées, tandis que je m'efforçais de défendre la beauté des Israéliennes, certes plus simples d'apparence, mais dont la grâce naturelle palliait le manque de sophistication. Le souvenir de cette conversation ancienne fit remonter des profondeurs de ma mémoire une autre conversation. Lorsqu'il avait rédigé, il y avait une dizaine d'années, son mémoire de maîtrise, consacré au dirigeant socialiste Léon Blum, Auster avait passé de longs mois à Paris, pour y faire des recherches et se plonger dans les archives.

Je lui avais demandé à l'époque s'il éprouvait du plaisir à séjourner en France, loin de notre pays, de ses habitants et de ses paysages, mais aussi de ses soucis, et il m'avait répondu avec franchise qu'il appréciait surtout de pouvoir participer à des séminaires organisés par les professeurs du département d'histoire de la faculté parisienne, avec lesquels il était en relation. Je n'avais pas bien saisi alors le sens véritable de sa réponse – pourquoi fallait-il aller à Paris pour participer à des séminaires ? – ne me doutant nullement qu'il mûrissait sans doute déjà, fut-ce de manière inconsciente, son projet de doctorat et son retour en France... Avec le recul, je comprenais maintenant, en le voyant affairé, un verre à la main, répondant aux questions avec emphase et un grand sourire aux lèvres, combien il avait dû souffrir de l'isolement de la vie au *yichouv* et même à Jérusalem, qui était demeurée aux yeux de beaucoup d'Israéliens une ville provinciale.

Était-il possible que Réouven eût passé la moitié de son existence à rêver d'une autre vie ? Comment le Juif-revenu-sur-sa-terre, fier d'habiter en Samarie et de participer ainsi à la fois au repeuplement d'Eretz-Israël et au « *Rassemblement des exilés* », était-il soudainement redevenu un juif de la *Galout*, profitant des plaisirs mondains de la « *ville des lumières* » ? Pour élucider ce mystère, il eût fallu être dans le secret de son cœur... Je réalisai subitement que nous ne nous étions pas vus depuis plusieurs années et qu'il était inconvenant de l'aborder au milieu de la foule, pour lui parler d'une partie de sa vie qu'il devait tenter d'oublier. Je quittai donc la conférence et descendis dans le métro, en me rappelant l'ami d'autrefois et en songeant aux subtilités de l'âme humaine.

La ferveur de Rabbi Eliahou

J'avais fait sa connaissance peu après notre déménagement et notre installation dans le quartier de *Talpiot ha-Yéshana*, au sud de Jérusalem. Par une belle matinée ensoleillée du mois de décembre, j'étais parti explorer les rues avoisinantes, pour m'imprégner de l'atmosphère de notre nouvel environnement. « *Jérusalem est entourée de collines* », dit le Psalmiste, et Talpiot est comme un donjon au sommet d'une colline, sur la route qui mène au kibboutz Ramat Rahel. C'est un quartier paisible, agrémenté de nombreux arbres, contrairement aux quartiers plus récents, comme celui de Pisgat Zeev d'où nous venions, où quelques arbrisseaux âgés de dix ans tout au plus, ne suffisaient pas à donner de l'ombre.

À quelques rues de chez nous se trouvait la maison de Samuel-Joseph Agnon, le grand écrivain, qui y avait habité de nombreuses années, avant la création de l'État d'Israël. Aujourd'hui transformée en musée, elle avait été dévastée par un incendie lors des « *événements de 1929* », expression qui désigne les violents pogromes déclenchés par le grand Mufti de Jérusalem, le tristement célèbre Amin Al-Husseini, qui firent des dizaines de victimes. On raconte qu'Agnon, qui avait refusé d'évacuer son domicile au début des émeutes – comme le lui conseillaient des amis – fut surpris par les flammes au milieu de la nuit et quitta précipitamment les lieux, serrant dans ses bras plusieurs manuscrits. C'était la deuxième fois qu'il voyait partir en fumée son domicile et sa bibliothèque, un incendie ayant déjà ravagé sa maison en Allemagne et entraîné la perte irrémédiable de plusieurs livres sur lesquels il travaillait.

En redescendant la rue Joseph Klauzner, puis en tournant dans la rue « *Qoré ha-Dorot* » (« *Celui qui lit les générations* », titre d'un ouvrage écrit par un rabbin de Salonique), je traversai un parc ombragé, au bout duquel se trouvait la grande synagogue sépharade de Talpiot. Lorsque j'y entrai pour la première fois, je fus séduit par l'atmosphère paisible des lieux. Elle était fréquentée surtout par des retraités, et je pris l'habitude de venir régulièrement y prier l'après-midi, pour l'office de *Min'ha*, suivi presque immédiatement de celui d'*Arvit* – la prière du soir. Je m'asseyais dans le fond de la synagogue, à côté d'un homme au visage buriné et au corps massif : Rabbi Eliahou.

Les premières semaines, nos échanges se limitèrent aux salutations et formules de politesse, mais au fil du temps, nous devînmes plus intimes et nos conversations s'étoffèrent, sans jamais déborder toutefois sur le temps de la prière. Rabbi Eliahou observait scrupuleusement les interdits concernant l'attitude à adopter dans la synagogue : ne pas parler de choses profanes pendant la prière ou pendant la lecture de la Torah. « *Si tu parles ici, où donc prieras-tu ?* » proclamait une affichette sur le mur. Mais je le croisais parfois dans la rue qui montait vers la synagogue et nous échangions quelques mots en chemin. J'appris ainsi qu'il avait été entraîneur de l'équipe olympique de lutte et qu'il avait bien connu les sportifs qui avaient pris part aux Jeux olympiques de Munich, en 1972. Le hasard – ou la providence – voulut que Rabbi Eliahou fût empêché au dernier moment de monter dans l'avion qui emmenait les sportifs, et c'est ainsi qu'il échappa au sanglant attentat qui coûta la vie à onze Israéliens.

Je n'avais jamais osé lui demander si c'était à la suite de cet épisode qu'il était devenu un Juif observant (il m'avait confié un jour être un « *Baal téchouva* » – un Juif revenu à la Tradition) ou si cet événement avait accru sa ferveur. Ferveur : c'était bien le mot qui caractérisait son comportement à la synagogue et même en dehors. Il avait l'habitude d'observer le « *Ta'anit Dibour* » – le jeûne de la parole – deux jours dans la semaine, et aussi le shabbat, où il ne parlait pas de choses profanes. Mais cela ne l'empêchait nullement de me demander, par des signes de tête, comment j'allais... « *Derekh Eretz kadma la-Torah* » : le savoir-vivre a préséance sur l'observance des commandements. Tous les gestes de Rabbi Eliahou exprimaient l'idée que le respect de la Loi de Dieu ne doit jamais venir au détriment du respect des créatures.

Ce n'était pas le cas de tous les fidèles, loin de là... Très souvent, la synagogue était le lieu de disputes, parfois bruyantes, entre les habitués de la prière quotidienne. En général, le prétexte était l'heure de l'office de *Min'ha*, qui commençait trop tôt ou trop tard, selon les avis. D'autres fois, c'était le discours du rabbin, à l'occasion d'une *Hazkara* qui durait trop longtemps du goût de certains. Un jour, la dispute faillit tourner au pugilat : un des fidèles s'emporta contre un bedeau et l'insulta. Il fallut plusieurs personnes pour les séparer et les empêcher d'en venir aux mains. J'étais assis, comme d'accoutumée, à côté de Rabbi Eliahou, et je pensais qu'il lui aurait suffi d'une pichenette pour assommer les deux protagonistes... Mais il n'en fit rien, évidemment, et resta assis sur son fauteuil, sans rien dire. Seul son regard, empreint d'une tristesse inhabituelle, exprimait le sentiment que lui inspiraient ces Juifs au sang chaud, qui par leurs mots grossiers et leurs gestes déplacés, profanaient la maison de Dieu.

Une journée de rêve

Ils s'étaient retrouvés très tôt à la gare de Lyon, avant le lever du jour, par une froide journée de novembre. La cérémonie devait se dérouler dans la salle de réception municipale de la petite ville de l'agglomération grenobloise où il avait autrefois – il y avait si longtemps, qu'il avait l'impression que cela faisait partie d'une autre vie – combattu dans les rangs de la Résistance. Le maire, un « *jeune homme* » d'une cinquantaine d'années qui n'avait pas connu la Guerre, avait prononcé un discours sympathique mais empli de banalités, avant de lui épingler l'insigne sur la poitrine et de le féliciter, sous les crépitements des flashes des photographes de la presse locale.

Tout cela aurait été ennuyeux à mourir et il n'aurait sans doute pas pris la peine de faire ce déplacement, à son âge canonique (il venait de célébrer son quatre-vingt-dixième anniversaire), n'eut été le plaisir de passer une journée avec sa jeune amie, Nathalie, qui l'avait accompagné spécialement pour l'occasion et ne l'avait pour ainsi dire pas quitté d'une semelle. Elle travaillait au Mémorial de la Shoah et s'intéressait tout particulièrement aux anciens résistants, dont les rangs s'amoindrissaient d'année en année, et c'est ainsi qu'ils avaient fait connaissance et étaient devenus des amis au fil des ans.

Elle faisait preuve à son égard d'une gentillesse qui dépassait la simple politesse, à laquelle il était habitué depuis qu'il faisait partie du « *troisième âge* ». En réalité, il se considérait depuis bien longtemps comme un vieillard, mais plus personne n'employait ce mot, devenu presque imprononçable dans le langage actuel, auquel il ne s'habituerait jamais ! Il y avait tant de choses bizarres et insupportables qui l'horripilaient dans la France d'aujourd'hui, comme cette manie des gens de se plaindre et de faire la grimace pour la moindre petite chose… À son époque la vie était sans doute incomparablement plus difficile, et pourtant on était plus heureux ! Parfois, il se disait qu'il n'était qu'une relique d'un passé révolu et qu'il y avait quelque chose d'inconvenant à rester en vie, alors que les membres de sa génération avaient tous disparu et que ceux de la génération de ses enfants s'en allaient eux aussi les uns après les autres…

La voix de Nathalie le tira de ses rêveries et il la regarda avec un sourire affectueux. Elle était un vrai rayon de soleil, dans son existence monotone de nonagénaire ! Certes, il n'avait évidemment pas à se plaindre : à son âge, il se portait comme un charme et son médecin s'étonnait régulièrement de la vitalité et de l'appétit qu'il avait encore, le félicitant sur un ton parfois ironique de sa santé exceptionnelle. Il entreprit de lui raconter comment il avait assisté, dans les années 30, à un discours du célèbre dirigeant sioniste Jabotinsky et le souvenir impérissable qu'il conservait de cet orateur d'exception. Il se rappelait avoir applaudi à tout rompre avec ses camarades, qui faisaient pourtant partie du mouvement sioniste de gauche *Hachomer Hatzaïr* ! La jeune femme l'écouta avec attention, puis sortit deux sandwiches de son sac à main. Il se mit à manger le sien avec entrain, tandis qu'elle parlait de sa vie professionnelle et du dernier roman qu'elle avait lu.

Son visage s'animait lorsqu'elle évoquait des choses qui lui tenaient à cœur et il aimait particulièrement regarder ses yeux pétillant d'intelligence – elle lui rappelait sa défunte épouse, qu'il avait connue dans la Résistance et avec laquelle il avait vécu plus de cinq décennies de bonheur conjugal. « *Nathalie, j'aime votre regard malicieux* », s'entendit-il lui dire, sans savoir s'il avait parlé tout haut, ou s'il s'était contenté de soliloquer dans son for intérieur, comme il le faisait à longueur de journée pour mieux tromper sa solitude. Dire que cette belle jeune femme qui aurait pu être sa petite-fille – ou même son arrière-petite-fille – vivait seule, tout comme lui, dans un petit studio de banlieue, alors qu'elle avait tout l'âge d'être mère... Drôle d'époque où les jeunes ne se mariaient pas, comme aurait dit sa chère épouse.

La journée passée aux côtés de la jeune femme s'était écoulée comme un rêve et il avait joui de chaque moment : le voyage en TGV, la réception à l'hôtel de ville, le déjeuner au restaurant suivi du pèlerinage sur la tombe de Marianne Cohn, jeune résistante assassinée à l'âge de 20 ans. À présent, il avait presque envie que cette expédition ne finisse jamais, alors qu'il avait accepté à contrecœur de faire ce déplacement en province. Il porta son regard avec insistance sur le visage de son accompagnatrice et se lança dans une longue tirade, d'une voix mal assurée, comme un jeune homme faisant sa déclaration : « *Nathalie, vous êtes une femme exceptionnelle, pleine d'entrain et d'autorité naturelle... Vous êtes faite pour diriger et je suis certain que vous irez loin dans la vie... Votre charme et vos qualités d'esprit font que tout homme tomberait amoureux de vous, sans même que vous ne l'ayez cherché...* ».

Elle ne répondit pas mais rougit légèrement, surprise de l'entendre parler ainsi. Sa gêne manifeste ajoutait à sa beauté et il eut envie de lui caresser la joue, voire de la prendre dans ses bras, oubliant l'espace d'une seconde qu'il était un vieillard au visage ridé et qu'il avait depuis longtemps passé l'âge de tomber amoureux... Qu'aurait dit de lui sa femme, si elle l'avait vu jouer les jolis cœurs dans ce compartiment de première classe du TGV, se prenant pour un jeune premier ! Sans doute l'aurait-elle rabroué avec un sourire indulgent et qualifié d'« *Alter Bok* » et autres amabilités du même acabit ! Il épia la réaction de Nathalie, qui restait silencieuse, pour voir si ses propos l'avaient choquée.

Elle finit par le remercier de ce compliment, qui lui allait droit au cœur et lui dit qu'elle était heureuse d'avoir passé cette journée avec lui. À travers la fenêtre, il vit que l'on approchait de la banlieue parisienne et que la nuit était tombée depuis bien longtemps. À la tristesse de penser qu'il allait regagner son domicile seul, dans l'obscurité, se mêlait le plaisir ineffable de savoir qu'il allait revoir Nathalie et la découverte inespérée, presque miraculeuse, qu'il était encore capable, au crépuscule de sa vie, de ressentir ce sentiment oublié, qui faisait vibrer son cœur et le remplissait d'une joie inattendue, comme une petite voix intérieure qui murmurait, au plus profond de lui : « *Je suis vivant, bien vivant !* »

L'appartement de l'oncle Fred

L'oncle Fred, frère de mon grand-père Joseph, habitait un immense appartement rue Racine, à l'Odéon, quartier animé de la rive gauche fréquenté par les étudiants. Il était fourreur et avait épousé la fille de son patron, Manya. Lorsque mes grands-parents, partis en Palestine après la Première Guerre mondiale, durent revenir en Europe à l'hiver 1929, en raison du chômage qui sévissait alors et des conditions de vie très difficiles, et qu'ils débarquèrent à Paris – après avoir traversé la Méditerranée à fond de cale sur le *Providence* – ils furent accueillis très froidement par la tante Manya. « *Il n'y a pas de place pour vous dans notre appartement* », expliqua-t-elle à ma grand-mère Chaya. « *Ici c'est la chambre de notre fille, ici c'est la chambre d'amis, ici la salle de bridge, ici le petit salon, ici le dressing...* », fit-elle en passant en revue les dix pièces de leur appartement.

Mes grands-parents allèrent habiter avec leurs deux enfants, Menahem-Mendel et Lipah (cela se passait avant la naissance de l'oncle Samuel), dans un petit hôtel vétuste de la rue des Carmes où vivait déjà la sœur de l'oncle Fred, Minjou, avec son mari et leurs trois enfants, Joseph, Fanny et Florette. Woznyak, le mari de Minjou, était joueur et épileptique, et travaillait comme repasseur de chapeaux. Il était payé à la semaine et perdait régulièrement sa paye au jeu. Minjou allait alors quémander un peu d'argent à son frère, qui gagnait fort bien sa vie et qui la méprisait, car il n'aimait pas les *schnorrers*. Ma grand-mère Chaya, de mémoire bénie, était pauvre mais généreuse : tout le contraire de la tante Manya. Celle-ci n'avait pas trouvé de place pour la famille de sa belle-sœur, dans son appartement de dix pièces, alors que Chaya, qui s'entassait avec ses enfants et son mari dans une petite chambre d'hôtel, trouvait encore le moyen d'accueillir des visiteurs de passage – Juifs en partance pour la Palestine, ou de retour en France – qui dormaient à même le sol et qu'elle nourrissait généreusement, leur offrant le gîte et le couvert.

Chaya et Joseph se mirent tous deux en quête d'un travail, et tante Minjou garda leurs enfants. Souvent, ceux-ci jouaient sur le trottoir, et il leur arrivait de partir à l'aventure dans les ruelles du quartier. Un soir, mes grands-parents rentrèrent dans leur chambre d'hôtel et ne trouvèrent aucune trace de leurs enfants. Ils partirent à leur recherche et finirent par se rendre au commissariat du cinquième arrondissement, où ils les trouvèrent assis sur un banc, en train de grignoter du chocolat. Le commissaire leur fit la leçon et les avertit : « *Si vous ne les inscrivez pas à l'école, on vous les retire pour les confier à l'Assistance publique* ». C'est ainsi que ma mère devint, à l'âge de deux ans, la plus jeune élève de l'école élémentaire de la rue du Sommerard. La femme de service, Madame Jamard, une veuve de guerre, lui donnait le biberon entre les classes.

Après la rue des Carmes, mes grands-parents habitèrent successivement dans trois appartements, toujours dans le même quartier, rue de l'École Polytechnique, rue Laplace, puis rue de la Montagne Sainte-Geneviève. Ils logeaient toujours dans des chambres meublées, sans eau. Mon grand-père cherchait l'eau sur le palier et la chauffait sur un réchaud à gaz Primus. En 1931, ils retournèrent en Palestine, avec l'argent que Chaya avait réussi à économiser. Mais leur séjour ne dura que quelques mois, car Joseph avait attrapé un panaris. En revenant à Paris, ils retrouvèrent leur chambre de la rue de la Montagne Sainte-Geneviève. C'est ainsi que ma mère et son frère aîné retournèrent à l'école.

Mes grands-parents trouvèrent ensuite un nouvel appartement, rue Frédéric Sauton. À cette époque, avant la guerre, ce quartier des bords de Seine était parmi les plus misérables de Paris et il était habité par des familles pauvres, souvent d'origine étrangère, parmi lesquelles de nombreux Juifs d'Europe centrale. Il y avait l'eau courante sur le palier, les toilettes dans la cour et un poêle à charbon dans la chambre du fond. C'était, aux dires de ma grand-mère, un appartement magnifique, « *A wunderbare Wohnung* », et il comprenait une chambre séparée pour les enfants. C'est là que mes grands-parents vécurent pendant plusieurs décennies, jusqu'au décès de mon grand-père, l'année de ma naissance.

Ma mère me racontait souvent son enfance et la vie de ses parents, perpétuels immigrés qui avaient quitté très jeunes leur Pologne natale, habitèrent à Jérusalem puis à Paris, mais ne connurent jamais le confort matériel. Son père, Joseph, avait eu les pieds gelés lorsqu'il était soldat de l'armée austro-hongroise. Il travailla durement toute sa vie comme simple ouvrier du bâtiment, et mourut précocement de maladie. Sa mère, Chaya, s'improvisa marchande de vêtements sur les marchés parisiens après leur retour de Palestine. C'était une femme courageuse et compatissante. Elle eut une existence difficile et se plaignait souvent, à la fin de sa vie, de son destin amer, « *A bittere Schiksaal* ! ».

Quant à l'oncle Fred et la tante Manya, ils élevèrent leur fille unique dans leur immense appartement de la rue Racine, avant de s'installer rue de Paradis, quartier d'affaires dans lequel l'oncle menait son négoce de fourrures. Il mourut d'une parasitose, attrapée à force de manier les peaux. Sa femme habita jusqu'à son dernier jour avec leur fille, Rosy, qui ne se maria jamais. Chaque parti qu'on lui proposait était indigne, à ses yeux, d'être son mari : celui-ci était trop petit, celui-là trop gros, un autre parlait trop fort et le dernier n'avait pas de conversation... En définitive, Rosy resta vieille fille, continuant de mener avec sa mère le train de vie qu'elle avait connu du vivant de son père, partant à Deauville tous les ans, conduites par un chauffeur en Limousine, et se nourrissant de saumon fumé et de champagne. Elles ne furent jamais dans le besoin, mais vécurent uniquement pour elles et ne connurent jamais le bonheur d'aider leurs prochains et de faire le bien.

Un shabbat à Katamon

J'ai déjà raconté dans quelles circonstances j'avais fait connaissance de Rabbi Eliahou, dans une synagogue de mon quartier de Jérusalem, et comment nous étions devenus amis. Tous les samedis soirs, après la prière de clôture du Shabbat, il me lisait le verset concernant l'amour du prochain (« *Ahavat 'haverim* »), jusqu'au jour où nous découvrîmes que le lien qui nous unissait était plus qu'une simple amitié. Rabbi Eliahou récitait le Kaddish – la prière des endeuillés – à chaque office, non pas pour un membre de sa famille mais, comme il me le confia un soir, pour des Juifs qui n'avaient pas de descendants. Sa belle-fille travaillait, en effet, à la *'hevra kadisha* – la confrérie du dernier secours – et elle lui donnait les noms de Juifs décédés sans avoir laissé d'enfants. Voilà comment était Rabbi Eliahou : un bon Juif disait le Kaddish pour ses parents, pendant l'année du deuil, et lui le récitait tous les jours de l'année, pour des Juifs qu'il n'avait pas même connus.

Un samedi, je vins pour la prière de *Min'ha*, accompagné du fiancé de ma fille, Oren. Rabbi Eliahou m'interrogea, et je lui expliquai qui il était. Sans lui avoir rien demandé, il entreprit alors de vérifier si la famille de mon futur gendre était une « *bonne famille* » de Jérusalem. La semaine suivante, Rabbi Eliahou m'annonça, un large sourire aux lèvres, qu'il avait fait ses vérifications et que je pouvais marier ma fille sans hésitation, car la famille d'Oren était une « *très bonne famille* »... À son expression, je compris qu'il ne me disait pas tout.

À la fin de l'office – car Eliahou ne parlait jamais de choses profanes pendant la prière – il me confia que la grand-mère paternelle d'Oren était une cousine de sa mère et qu'elle avait élevé ses quatorze enfants dans la voie de la Torah et des *mitsvot*. Avant ce jour, je ne l'avais jamais interrogé sur sa famille. Je savais par ouï-dire que son frère était un entrepreneur connu, qui avait fait fortune dans le bâtiment, avant de connaître des déboires, mais j'avais préféré ne pas le questionner à ce sujet. Lorsqu'il m'apprit que le fiancé de ma fille était un petit-cousin de sa mère, je me réjouis, en pensant que les voies de la Providence étaient souvent bien mystérieuses

J'étais entré dans cette synagogue par hasard, je m'étais assis à côté de lui sans le connaître, et je découvrais maintenant qu'il était apparenté à mon futur gendre ! Quelques semaines plus tard, un vendredi soir, nous nous rendîmes chez la famille d'Oren. Les parents d'Oren habitaient Katamon et étaient nés en Israël, de familles originaires d'Irak et d'Égypte. Depuis de nombreuses semaines, ma fille nous pressait d'accepter leur invitation, que nous repoussions de Shabbat en Shabbat, intimidés par l'idée d'aller dîner chez ces gens, si différents de nous. Ils étaient Israéliens de naissance et nous étions venus de France ; ils étaient orientaux et nous étions ashkénazes. Mais, malgré nos appréhensions, le repas de Shabbat se passa sans incident.

Nous priâmes dans une synagogue de rite *yérouchalmi*, et Avi, le père d'Oren, me confia qu'on y avait célébré sa propre *brith-mila* et celle de chacun de ses quatre fils. En revenant de la synagogue, nous nous arrêtâmes un instant chez la mère d'Avi, qui vivait seule dans une grande maison de style arabe, pour lui souhaiter « *Shabbat Shalom* » et faire le *Kiddouch*. Malgré son âge avancé, elle avait encore toute sa tête et lorsque son fils lui dit que j'étais le père de la fiancée de son petit-fils Oren (elle avait plus d'une quarantaine de petits-enfants), elle me salua et me bénit. Elle avait habité autrefois dans la Vieille ville de Jérusalem et était venue s'installer ici après la guerre d'Indépendance.

En chemin, Avi m'avait montré les endroits du quartier où s'étaient déroulés les féroces combats entre la jeune armée d'Israël – dans laquelle se battaient de nombreux soldats rescapés de la Shoah tout juste débarqués dans leur nouvelle patrie, qui ne comprenaient même pas les ordres donnés en hébreu par leurs officiers – et la redoutable Légion jordanienne, combats qui avaient fait de nombreuses victimes de chaque côté. Ironie de l'histoire, ces maisons en pierre de Jérusalem, conquises par le sang de nos soldats et données pour quelques bouchées de pain à des familles juives comme celle d'Oren, valaient aujourd'hui leur pesant d'or. À l'étage au-dessus de sa grand-mère vivait un ancien ambassadeur d'Israël aux États-Unis, et la maison voisine appartenait à un professeur de médecine réputé.

Après un plantureux repas shabbatique – avec viande et poisson comme le voulait la tradition – nous rentrâmes chez nous, sous une pluie battante, mais le cœur content. La soirée s'était très bien déroulée et nos craintes s'étaient immédiatement dissipées. Les parents d'Oren avaient le sens de l'hospitalité et cette simplicité chaleureuse, caractéristique des Juifs d'Eretz-Israël. Le samedi soir, je m'assis à côté de Rabbi Eliahou et lui racontai en quelques mots le repas de shabbat à Katamon. Il acquiesça sans parler, car il s'efforçait de ne pas prononcer de paroles superflues le shabbat. Mais à la tombée de la nuit, quand l'officiant eut finit la prière et avant que les fidèles ne sortent de la synagogue pour bénir la lune du mois de Chevat, Rabbi Eliahou me prit la main, en récitant le verset qui parle de l'amour du prochain, « *Ahavat 'havérim* », et il ajouta en souriant : « *Ahavat michpa'ha* » – l'amour de la famille.

La Bible et le fusil

La cérémonie se déroula sur le terrain de sport de la base, quelque part entre Beit Shemesh et Ashdod. Le soleil printanier dardait ses rayons sur la foule entassée dans les gradins, et Léonid pensait, en regardant les soldats debout, alignés sur trois rangées, qu'ils n'avaient probablement pas bu un verre d'eau depuis leur petit-déjeuner, pris sans doute au moins trois heures auparavant... Il essaya de discerner de loin le visage de son fils, qui se tenait au milieu du deuxième rang. Avait-il soif ? Que ressentait-il en ce moment chargé d'émotion ?

Léonid laissa son regard errer au loin, derrière les clôtures et les haies, vers les champs qui s'étendaient à perte de vue autour de la base. La musique israélienne, qui grésillait dans les haut-parleurs – des chansons à la mode de chanteurs orientaux et d'autres, plus anciennes, de ce genre si particulier qu'on appelait les chansons d'Eretz-Israël – s'interrompit, et l'officier qui dirigeait la cérémonie ordonna aux soldats de se mettre au garde-à-vous. « *Ha Mishmar yaavor lé-dom ! Mishmar, dom !* » On procéda au lever du drapeau. Léonid fixa la bannière bleue et blanche frappée de l'étoile de David, qui remontait lentement, par à-coups saccadés, le long du mât, et une autre image se superposa dans son esprit : celle du drapeau d'Israël, qui était épinglé sur le mur du salon, dans l'appartement de ses parents, à Leningrad. C'était un vieux drapeau aux couleurs passées, que son père avait dû se procurer par on ne sait quel moyen détourné, courant le risque d'être accusé du « *crime* » de sionisme et jeté en prison, si les autorités soviétiques avaient eu vent de la chose, averties par un voisin ou un dénonciateur.

Ce souvenir lointain éveilla en lui un sentiment de nostalgie douloureuse. Combien son père aurait été heureux d'assister à cet événement ! Il avait combattu dans les rangs de l'Armée rouge et avait été blessé dans la « *grande guerre patriotique* » contre les nazis, lors du terrible siège de Stalingrad. Léonid l'accompagnait chaque année, le 8 mai, date anniversaire de la défaite allemande, au défilé des anciens combattants de l'ex-URSS, au centre de Jérusalem. C'était un moment particulier dans l'année, un moment de fierté et de recueillement pour tous ces vétérans de la guerre, qui arboraient leurs décorations sur leurs vestes d'uniforme, pieusement conservées dans la naphtaline depuis plus d'un demi-siècle. En Israël même, le spectacle des vétérans de la Seconde Guerre mondiale éveillait la curiosité dans le meilleur des cas, et l'indifférence, le plus souvent, plutôt que l'admiration ou la sympathie. Léonid, lui, n'avait pas fait son service militaire en URSS, et pas plus en Israël, où il était arrivé à un âge trop avancé. C'était un de ses grands regrets, et il regardait toujours avec envie les jeunes soldats dans la rue ou dans l'autobus, ou encore ses collègues de bureau qui partaient tous les ans faire leur période de réserve.

Un ordre crié dans le micro le rappela à la réalité. Les jeunes recrues allaient à présent, chacun à leur tour, prêter serment sur la Bible, suivant la cérémonie instituée à l'époque des organisations clandestines qui avaient lutté contre l'Empire britannique. Léonid n'avait jamais assisté à une prestation de serment militaire en Israël, aussi il suivit avec intérêt la cérémonie, dans ses moindres détails. À l'appel de son nom, chaque soldat arrivait au pas de course, se mettait au garde-à-vous derrière la table, où étaient posées les petites Bibles de couleur bleue. Quand le nom de son fils fut appelé, Léonid sentit les battements de son cœur s'accélérer. Il l'accompagna du regard, priant dans son for intérieur pour que tout se passe bien, et qu'il puisse immortaliser cet instant avec son appareil photo. Son fils prit la Bible que lui tendait l'officier de la main gauche, tenant son fusil de la main droite, et répéta la formule consacrée du serment, tandis que Léonid le photographiait. Il eut à peine le temps d'appuyer sur le déclencheur, que déjà son fils regagnait sa place et qu'un autre soldat accourait à son tour. Après le discours du commandant et la visite guidée de la base, Léonid put enfin retrouver son fils et le serrer dans ses bras. Comme il était beau et grand ! Il sembla même à son père qu'il avait grandi, pendant ces quelques semaines de classes épuisantes, et que son regard s'était affermi. Ce n'était plus l'adolescent timide qu'il avait quitté le jour de son incorporation, à la colline des Munitions.

Il étreignit longuement son fils, sans un mot, et son cœur se gonfla d'un sentiment nouveau, inconnu. Il lui sembla soudain que toute sa vie avait été jusque-là comme un long préambule, tendu vers cet instant unique... Il détourna le regard vers le drapeau, qui scintillait au soleil, pour ne pas montrer à son fils ses yeux embués de larmes. Voilà, enfin ! Son fils était devenu un Israélien à part entière, c'est-à-dire un Juif fier, portant l'uniforme, et prêt à donner sa vie pour défendre son pays. À ce sentiment de fierté et d'orgueil se mêlait une sensation indescriptible, comme une douleur infime, qui ne pouvait dissiper sa joie, mais qui demeurait tapie en arrière-plan. Léonid connaissait cette sensation qui l'accompagnait depuis longtemps, depuis l'époque où il avait compris – de longues années seulement après s'être installé dans ce pays où il n'était pas né – qu'il y resterait toujours un étranger. Il était d'autant plus heureux de voir son fils revêtir l'uniforme, qu'il savait qu'il resterait toujours un Juif de la *Galout*, parlant hébreu avec un accent prononcé et ignorant toutes les subtilités de l'argot militaire et de la camaraderie des soldats.

Le philosophe de Bayit Vegan

Qui était vraiment Rabbi Eliahou ? Je ne connaissais de lui que le visage qu'il me montrait chaque soir, à la synagogue de la '*Hourcha* ; celui d'un Juif chaleureux et plein de ferveur. Se pouvait-il qu'il existât un autre Eliahou, ou plutôt que celui que je croyais connaître eût un autre visage, différent et peut-être à l'opposé de celui qui m'était familier ? Cette question, qui devait me hanter pendant de longs mois, je me la posais aussi à la même époque précisément, au sujet d'un autre ami – ce fameux Raphaël qui m'avait fait entrevoir une autre facette de la personnalité de Rabbi Eliahou. J'avais fait sa connaissance plusieurs années auparavant, alors que je fréquentais le séminaire de philosophie animé par Dan Cohen, à l'Institut culturel de la rue Agron.

C'était à la fin des années 1990, période qui précéda les journées de cendre et de plomb de la deuxième Intifada et leur cortège de morts et de larmes, à Jérusalem et ailleurs dans le pays. Dans mon souvenir confus de cette époque déjà lointaine, émerge, comme entourée d'un halo de lumière, la figure rayonnante de l'ami, philosophe et pédagogue talentueux, qui devait disparaître quelques années plus tard, emporté par la maladie dans la force de l'âge.

Je ne connaissais pas bien Raphaël lorsque je commençai à suivre les cours de Dan Cohen et par la suite nous ne nous croisâmes plus guère, sinon à une ou deux occasions peut-être, jusqu'au jour où il vint habiter le quartier de Talpiot Hayéchana. Je le rencontrai un soir à la synagogue, pendant l'office de *Min'ha* – il était absorbé dans la lecture du Zohar et je me souviens avoir été surpris lorsqu'il m'annonça tout de go qu'il travaillait à la traduction en français de ce monument de la mystique juive.

Traduire le Zohar ! Le seul nom de cette œuvre maîtresse de la Kabbale attribuée à Rabbi Chimon Bar Yohaï me remplissait de crainte et sa lecture difficile m'avait toujours paru réservée aux *Tsaddikim* et aux érudits – et je ne faisais partie ni des uns, ni des autres. Rabbi Eliahou, lui, l'étudiait chaque jour et m'en faisait parfois lire quelques bribes entre *Min'ha* et *Arvit,* comme on déguste une friandise, dans la traduction en hébreu – car j'étais bien incapable de le déchiffrer dans l'original araméen.

J'avais suivi de loin le parcours singulier de Raphaël au cours de notre séjour en France – une année sabbatique qui s'était prolongée trois ans – et j'avais lu avec plaisir son roman autobiographique, dans lequel il racontait avec verve et humour ses pérégrinations entre la côte basque et Israël, sa passion du surf et sa manière très personnelle de pratiquer le judaïsme, sans renoncer à rien des plaisirs de la vie. Épicurien était sans doute le qualificatif qui le décrivait le mieux à mes yeux, non pas au sens péjoratif que ce mot a pris dans le lexique juif traditionnel, mais dans celui, plus classique, d'un homme aimant profiter des bonnes choses de l'existence.

C'est pourquoi je fus étonné quand j'appris qu'il était en train de traduire le Zohar en français. Alors que nous descendions ensemble la rue Qoré Hadorot, je l'interrogeai sur les dernières années de la vie de Dan, dont il avait été proche à l'époque du séminaire de la rue Agron. Avec le recul des ans, la figure du philosophe, ancien militant maoïste devenu un Juif de stricte observance, m'apparaissait sous un jour nouveau et j'éprouvais le regret de n'avoir pas su profiter plus pleinement de sa présence – mais qui aurait pu se douter alors qu'il quitterait ce monde avant d'atteindre l'âge de soixante ans ? Une des images les plus précises qui me restait de lui était celle de notre brève rencontre à Paris, quelques mois seulement avant son décès. Il avait été content de me croiser mais surpris de savoir que j'étais revenu habiter – même provisoirement – en France.

« *Et Eretz-Israël ?* » me demanda-t-il de sa voix enjouée, utilisant l'expression que les Juifs orthodoxes emploient pour ne pas évoquer le nom de l'État. En réalité, j'en étais de plus en plus persuadé aujourd'hui, toute cette rhétorique antisioniste, qu'il affectait de partager, était une sorte de vernis ou plutôt un leurre qui dissimulait un grand amour d'Israël, terre et peuple, et à cet égard il était aussi sioniste que nous, les *kookistes*, comme il nous surnommait avec une moue de dédain amusé. Une des dernières entreprises de sa vie, trop courte mais si bien remplie, avait d'ailleurs consisté à tenter de rapprocher du judaïsme ses deux compères philosophes parisiens, l'austère Albert Goldstein et le sémillant Jean-David Lankri. Tous deux étaient souvent venus ensemble à Jérusalem, afin de participer à son séminaire et de donner eux-mêmes des conférences devant un public avide et conquis d'avance.

À l'époque, leur complicité me paraissait fructueuse. Rétrospectivement, pourtant, la tentative acharnée de Dan de ramener ses amis au judaïsme avait été un échec. Tous deux étaient restés ce qu'ils avaient toujours été : des Juifs très éloignés de la tradition. Plus encore que la relation au judaïsme et à Israël, c'était dans leur rapport à la vérité qu'ils m'apparaissent encore aujourd'hui aux antipodes de Dan. Autant ce dernier était modeste, entier et sincère dans tout ce qu'il avait entrepris, autant ses amis étaient inauthentiques, imbus d'eux-mêmes et happés par les médias, le succès littéraire et les mondanités… Bref, tout ce que Dan avait fui comme la peste en venant habiter à Bayit Vegan et en se plongeant dans l'étude des textes sacrés, loin des paillettes de la vie parisienne.

Curieusement, c'était sans doute lui – tout en ayant rejeté la sagesse profane pour s'immerger dans la Torah – qui était resté le plus fidèle à l'idéal philosophique dans sa quête exclusive de vérité. Cette sincérité absolue le caractérisait mieux que toute autre qualité à mes yeux. Alors que ses deux camarades archicubes paraissaient toujours jouer un rôle – Lankri, notamment, qui se prenait tantôt pour Malraux, tantôt pour Zola – Dan n'avait jamais cherché à paraître autre chose que ce qu'il était. Suivant la maxime nietzschéenne (à moins que ce ne fut un proverbe hassidique ?), il avait lutté toute sa vie pour devenir ce qu'il était, et il y était, sans doute, parvenu ici, à Jérusalem, avant d'être ravi prématurément à l'affection des siens : il était redevenu Juif tout en restant philosophe, le philosophe de Bayit Vegan.

Le destin tragique de l'oncle Samuel

L'oncle Samuel était le plus jeune des enfants de ma grand-mère maternelle, Chaya, de mémoire bénie. Il était enfant pendant la guerre et avait grandi dans la chaleur du foyer de mes grands-parents, dans la pauvreté, mais choyé de l'amour maternel et de celui de ses aînés. Comme il était le petit dernier, plus chétif que ses frère et sœur et mangeant peu, ma grand-mère l'avait particulièrement couvé. Il n'aimait pas l'école, et après la guerre, il entra au lycée professionnel ORT, où il apprit la réfrigération. Enfant déjà, il passait des heures à bricoler son vélo, alors que ma mère et son frère aîné préféraient fréquenter la bibliothèque municipale du cinquième arrondissement, où l'oncle Marcel avait même hérité du surnom « *le lecteur* », tellement il était assidu, restant plongé dans les livres jusqu'à l'heure de la fermeture.

« La bonté d'une femme de bien est sans fin, de même que la méchanceté d'une mauvaise femme ». Ces

paroles de nos Sages commentant les Psaumes du roi David me viennent à l'esprit quand je repense à la femme de l'oncle Samuel, qui causa son malheur et celui de ses enfants. Lorsque j'étais jeune, je n'étais pas en mesure d'apprécier sa méchanceté, devenue proverbiale dans la famille (« *Azoï schlecht... Elle est tellement méchante* », disait à son propos mon grand-père Joseph, qui était la bonté incarnée). Samuel l'avait connue dans un bal et ils s'étaient mariés après une brève aventure. Dans mon souvenir, l'oncle Samuel était pourtant quelqu'un de joyeux, chantant à tue-tête des chansons tsiganes dans son taxi, lorsqu'il venait nous chercher, ma sœur et moi, pour nous emmener chez lui déjeuner le dimanche. Il aimait la bonne chère, boire et manger, et les disputes avec sa femme me paraissaient alors comme d'innocents affrontements entre époux, dont je ne mesurais pas la cause, ni la profondeur.

Mais derrière ce rideau d'insouciance, dans l'intimité du foyer conjugal, la femme de l'oncle Samuel déployait son influence néfaste. Elle insista pour donner une éducation catholique à ses enfants. Mon oncle n'avait jamais été un Juif pratiquant, mais il aurait certainement préféré que ses enfants fréquentent l'école laïque, sur les bancs de laquelle il avait lui-même grandi. Tous les ans, ils passaient leurs vacances d'été en Israël, dans la maison de son frère, au bord de la mer. Et chaque semaine, ils allaient dîner chez ma grand-mère. La femme de l'oncle Samuel poussait la porte et entrait la première, et c'était comme une véritable entrée théâtrale, ou plutôt, me racontait mon père, comme si Lady Macbeth entrait en scène... La méchanceté émanait d'elle, comme une sueur mauvaise, comme si elle avait été une Gorgone, dont les cheveux étaient des vipères !

Après trente ans de vie commune, elle décida de se mettre en ménage avec un autre homme, et elle chassa l'oncle Samuel de l'appartement, acheté par mes grands-parents. Ce n'était un secret pour personne qu'elle avait des relations extraconjugales, et son mari aurait sans doute pu s'en accommoder encore longtemps, mais elle préféra le quitter pour refaire sa vie. L'oncle Samuel trouva une nouvelle compagne, plus jeune que lui, et partit vivre avec elle dans une banlieue éloignée de Paris. Je le voyais moins souvent, mais un été nous partîmes ensemble en Israël, avec sa nouvelle femme et le fils de celle-ci, qu'il élevait en véritable père. Cette période fut sans doute la plus heureuse de sa vie adulte, maintenant qu'il était délivré – du moins le croyait-il – de sa méchante femme…

Le destin est parfois cruel et le bonheur de l'oncle Samuel fut de courte durée. Il avait toute sa vie aimé les chiens et en avait élevé plusieurs. Or, c'est un chien qui fut la cause de son décès. Alors qu'il avait déposé un passager à l'aéroport de Roissy et qu'il rentrait sur Paris, par une soirée pluvieuse, un animal surgit soudain devant lui, sur la route. Il donna un coup de volant pour l'éviter, et sa voiture fit une embardée. Il mourut sur le coup. La police retrouva dans ses papiers l'adresse de sa première femme, dont il n'avait jamais divorcé. C'est elle qui fut prévenue de sa mort accidentelle et qui s'occupa de son enterrement, alors qu'elle vivait séparée de lui depuis plusieurs années. Non contente de l'avoir quitté et de l'avoir chassé de sa maison, elle le fit inhumer dans le caveau de sa famille – catholique – sous une grande croix. C'est ainsi que mon oncle Samuel, Juif ashkénaze qui avait vécu loin de toute tradition, mais n'avait jamais renié ses origines, fut enterré comme un catholique, par une femme qui n'était plus la sienne. Jusqu'à sa mort et même au-delà, il avait été victime de la méchanceté d'une femme.

Plus de quinze ans après son décès, alors que je vivais depuis longtemps à Jérusalem, j'eus la surprise de recevoir un appel téléphonique d'un jeune homme que je ne connaissais pas. C'était le fils de ma cousine, petit-fils de l'oncle Samuel, que je n'avais jamais vu. Il venait d'arriver à Jérusalem pour y étudier au lycée français et, espérait-il, s'installer définitivement en Israël... Ce petit-cousin tombé du ciel, élevé par une mère trotskyste, loin de toute tradition – et qui n'était même pas Juif selon la *hala'ha* – était devenu par on ne sait quel miracle un militant sioniste, et avait décidé de faire son *alyah*, décision qu'il mit à exécution sitôt qu'il eut atteint l'âge de dix-huit ans. À la joie de faire sa connaissance, s'ajouta le sentiment que ce rebondissement inattendu avait quelque chose de providentiel, et qu'il constituait en quelque sorte une revanche du destin.

lxxxii

Place Theodor Herzl à Paris

Traversant la rue du Temple, je m'engageai dans la rue Réaumur et me retrouvai soudain, comme si le ciel avait guidé mes pas, place Theodor Herzl. Le créateur du sionisme politique, qui avait conçu dans la capitale française le projet de l'État juif – après avoir, selon la légende, assisté à la dégradation du capitaine Dreyfus – avait donc finalement mérité qu'une très modeste place parisienne lui soit consacrée. Mais par une cruelle ironie de l'Histoire, la plaque portant son nom était recouverte d'autocollants jaunes criards appelant au « *boycott d'Israël* ». De prime abord, il me sembla que ces autocollants signifiaient que le père fondateur de l'État juif s'était trompé : l'antisémitisme était aussi vivace en France aujourd'hui qu'à l'époque de l'affaire Dreyfus. Mais après réflexion, je me dis que cela prouvait au contraire la justesse de son diagnostic. Si la haine d'Israël était toujours aussi vive, cela voulait dire que les Juifs n'avaient plus rien à espérer en Europe.

Dans l'avion qui m'amenait à Paris, je m'étais demandé ce que les touristes assis à côté de moi venaient chercher en France. Par un curieux paradoxe, le peuple juif retourné sur sa terre, loin de s'y fixer de manière définitive, n'avait jamais cessé ses pérégrinations autour du globe ; aux quatre coins du monde, on croisait non seulement des touristes israéliens, mais aussi des *yordim* – ces habitants d'Israël qui étaient « *descendus* » de la Terre sainte pour s'installer à demeure aux États-Unis, en Europe ou ailleurs – et jusque dans le village le plus reculé de Thaïlande ou de Patagonie, on était presque certain de rencontrer des jeunes promeneurs venus d'Israël, portant d'énormes sacs-à-dos, « *Juifs errants* » d'un nouveau type. Qu'aurait pensé de cela mon ami le Dr Schwarz, et qu'aurait-il dit en voyant la plaque commémorant Herzl maculée de slogans haineux ?

J'avais fait sa connaissance quelques années auparavant, à l'occasion de la parution de son livre, dans lequel il démontrait que le « *Visionnaire de l'État* » n'était pas, comme on l'écrivait souvent, un Juif assimilé ignorant tout de la tradition, mais bien au contraire un Prince hébreu et un nouveau Moïse, voulant rétablir le Royaume d'Israël. Le Dr Schwarz m'avait donné rendez-vous à son cabinet, au centre-ville de Jérusalem. C'est seulement lorsque j'étais entré dans l'immeuble, en haut de la rue Ben Yehuda, que j'avais reconnu l'échoppe du cordonnier au rez-de-chaussée : c'est dans ce même immeuble que se trouvait le cabinet de Moshé Babad, l'avocat qui avait été mon second maître de stage, quinze ans auparavant.

Montant dans l'ascenseur qui se hissait difficilement jusqu'au dernier étage, je fus assailli par les souvenirs. À cette époque, je sortais d'une affaire pénible, l'avocat chez qui je travaillais alors – un Français retors et roublard – s'étant approprié ma bourse de stagiaire versée par le ministère de l'Intégration (Quelques années plus tard, il fit la « *Une* » des grands quotidiens, se trouvant au cœur d'un fait divers sordide). Après cette mésaventure, la rencontre de maître Babad fut pour moi comme une véritable délivrance. C'était un homme honnête, aux yeux bleus pleins de douceur et dont le visage respirait la bonté. Nous nous liâmes d'amitié et ce fut ainsi qu'un jour, il m'offrit les œuvres complètes de Theodor Herzl, dénichées chez un bouquiniste de Jérusalem.

En entrant dans le cabinet du Dr Schwarz, je fus accueilli par une musique familière, la première Symphonie de Gustav Mahler. Après m'avoir montré les tableaux de sa femme, exposés sur les murs de la salle d'attente, il me fit le récit suivant. Son père, peintre réputé à Vienne, avait été déporté alors qu'il n'était encore qu'un tout jeune enfant. Pendant des années, sa mère lui avait parlé d'une mystérieuse broderie que son père aurait exécutée pour le fameux dirigeant sioniste, sans qu'il puisse savoir précisément ce à quoi elle faisait allusion. C'est seulement un demi-siècle plus tard que le Dr Schwarz tomba de manière totalement inopinée, dans une librairie d'occasion, alors qu'il avait passé des mois entiers à fouiller sans succès dans les Archives nationales, sur un article de journal relatant le transfert de la dépouille mortelle de Herzl en Israël, illustré par une photographie de la draperie recouvrant son cercueil, brodée par ce père qu'il n'avait pas connu.

Une simple photo dans un journal avait ainsi permis à mon ami de découvrir un élément essentiel du grand puzzle de sa vie – le lien mystérieux reliant le père fondateur du sionisme, auquel il avait consacré un ouvrage érudit, fruit de nombreuses années de recherches, et son propre père assassiné par les nazis. Repensant à cette anecdote alors que je me trouvais à Paris, place Theodor Herzl, je réalisai soudain que nos existences étaient tout entières remplies de ces « *coïncidences* » étranges, dont nous ne comprenons pas, le plus souvent, la signification sur le moment, mais qui s'éclairaient parfois de nombreuses années plus tard, comme des balises le long de la route, nous permettant ainsi de découvrir derrière le chaos apparent de notre vie, un chemin bien tracé que les incroyants appellent le destin et dans lequel les croyants savent reconnaître la main de la Providence.

La journée d'un soldat

« *Soldat, tu oublies ton béret !* » La voix du passager de l'autobus fit sursauter Alex. Il avait l'impression que le sort s'acharnait contre lui depuis plusieurs semaines. Tout avait commencé par la maladie de sa mère, qui avait été hospitalisée pour subir des examens. Alex avait demandé une permission spéciale pour pouvoir s'occuper d'elle et lui rendre visite. Il était fils unique et son père était parti une dizaine d'années auparavant, quelques mois seulement après leur installation en Israël, abandonnant femme et enfant pour retourner vivre en Russie.

Son père avait disparu sans laisser d'adresse, comme si la terre l'avait englouti. La rumeur disait qu'il vivait avec une actrice de théâtre à Moscou et qu'il avait utilisé tout l'argent du « *panier d'intégration* » pour acheter un appartement dans le quartier des artistes. Il n'avait jamais versé le moindre kopek à sa femme, qui avait été obligée de travailler durement pour élever Alex, cumulant sa place de caissière au supermarché avec des ménages et se saignant aux quatre veines pour payer le loyer, les cours particuliers ou les leçons de piano de son fils.

Alex avait fait de bonnes études, pour autant que cela fût possible dans le quartier périphérique où ils habitaient, et était entré dans une unité d'élite. C'était un bon soldat, courageux et taciturne, préférant la lecture aux conversations futiles. Mais son commandant l'avait pris en grippe – du moins le croyait-il – depuis que sa mère était tombée malade. Il le laissait partir une ou deux fois par semaine pour s'occuper d'elle, mais l'astreignait en contrepartie à des tâches fastidieuses dont les autres soldats étaient dispensés.

Alex avait eu une petite amie, une soldate d'origine russe elle aussi, mais elle l'avait quitté pour un officier des Renseignements, un beau parleur, qui savait faire miroiter aux filles monts et merveilles... Il n'avait pas de chance en amour, ni ailleurs. Un proverbe en yiddish, que lui répétait souvent son grand-père en Russie, lui revint en mémoire : « *Certains ont de l'argent, les autres ont les yeux pour pleurer...* ». Il sortit de la station centrale en bousculant au passage une femme âgée, qui maugréa contre ces jeunes qui ne respectaient rien ni personne.

Comme tous les vendredis, il allait chez sa mère, et l'idée de passer le Shabbat à dormir et à regarder la télévision le déprimait. Il repensa aux quelques bons moments qu'il avait connus en Israël, ces dernières années – sa rencontre avec Natalia, les weekends dans un *tsimmer* en Galilée, la cérémonie de fin de l'entraînement de son unité… Descendant la rue Agrippas, il s'arrêta dans un petit restaurant populaire pour y déguster un *koubé* – soupe aux légumes et aux boulettes de viande – un plat juif kurde que les soldats prisaient particulièrement. À la table voisine, un groupe de *Golani* riaient et se donnaient des tapes dans le dos en buvant de la bière. Pourquoi tout le monde semblait être heureux, excepté lui ?

Entrant dans le marché de Mahané Yéhuda, il parcourut l'allée centrale, bordée d'étals regorgeant de fruits et légumes de saison. Les grenades rouges vif annonçaient la fête du Nouvel An qui approchait à grands pas et Alex eut un pincement au cœur, en pensant à cette période de l'année, synonyme de joie pour la plupart des Israéliens, sauf pour ceux qui restaient seuls ou qui, comme lui, n'avaient aucune raison de se réjouir. Il entendit soudain une voix d'homme l'interpeller : « *Soldat !* ». Se retournant, il vit un Juif barbu, vêtu de noir, qui le regardait en souriant. « *Oui, toi, comment vas-tu ? Tout va bien ?* ».

Alex s'approcha à contrecœur, redoutant de voir le religieux lui proposer de mettre les *téfillin*, comme si des lanières en cuir et des parchemins recouverts de hiéroglyphes pouvaient lui apporter le moindre réconfort et l'aider à résoudre ses problèmes… Mais le Juif barbu ne lui proposa pas de faire une prière, ni de se couvrir la tête d'un *tallith*, ce qu'il aurait refusé obstinément. Il se contenta de lui sourire et de répéter avec insistance : « *Comment vas-tu, soldat ? Est-ce que tu te sens bien ?* ». Alex eut l'impression qu'il n'y avait pas dans cette question renouvelée une simple formule de politesse, mais une véritable préoccupation pour lui.

Un instant il eut envie de lui répondre « *Je ne me sens pas vraiment bien* » et de lui raconter ses soucis. Mais il se contenta de lui rendre son sourire et de prendre la feuille imprimée que le Juif religieux lui tendit, avant de s'éloigner à grands pas. Se frayant difficilement un chemin, parmi les nombreux acheteurs qui faisaient leurs dernières courses avant le Shabbat, il regagna la rue Agrippas et monta dans un autobus bondé en direction de Guilo. Debout entre les Juifs aux bras chargés de victuailles, qui sentaient bon les herbes odoriférantes – persil, coriandre et menthe fraîche – il laissa son regard errer distraitement sur la feuille du *Beit Habad*, qu'il tenait toujours à la main.

Soudain, une musique forte et joyeuse emplit l'espace. Juste devant l'autobus, une camionnette de *hassidim* de Braslav s'était arrêtée au milieu de la rue et quatre Juifs barbus, habillés en blanc, se mirent à sauter et à danser frénétiquement, levant les bras vers le ciel, un large sourire aux lèvres. Alex les avait déjà vus souvent, mais jamais il ne s'était trouvé aussi près d'eux et jamais leurs danses et leur musique n'avaient éveillé en lui un tel écho. Autour de lui, les passagers les regardaient, certains avec étonnement, la plupart semblant partager la joie communicative des *hassidim*. « *Il n'y a pas de désespoir dans le monde !* », criait la chanson. Alex s'abandonna lui aussi au rythme de leur musique, fermant les yeux, et deux larmes coulèrent sur ses joues.

Jour de Sharav à Jérusalem

Chaya Kurtzovna se révolte contre Dieu

Ma grand-mère Chaya était née à Bialystok, dans ce qui fut jadis une des plus grandes villes juives de Pologne, joyau de la couronne de ce judaïsme qui disparut en grande partie dans la Shoah. Il est difficile pour notre génération de se représenter ce qu'était la Bialystok juive du début du siècle dernier : je l'imagine comme un mélange de Tel-Aviv, de Jérusalem et de New York, alliant effervescence politique, vie culturelle intense et ferveur religieuse. Sa grand-mère maternelle, madame Landau, possédait une usine de textile, qu'elle vendit pour affréter un bateau à destination d'Eretz-Israël. C'est ainsi que Chaya émigra en Palestine – avec ses deux frères et ses quatre sœurs – et s'installa à Jérusalem, où elle rencontra son futur mari, Joseph, arrivé lui aussi après la Première Guerre mondiale. La vie était dure en Israël, à cette époque, et lorsque mon grand-père – qui faisait partie du « *bataillon du travail* », groupe sioniste œuvrant au dallage des routes et à l'assainissement des marécages – eut contracté la malaria et qu'ils se retrouvèrent sans revenu avec deux enfants en bas-âge, ils s'en retournèrent en Europe.

J'ai raconté comment, débarqués à Marseille sur le *Providence*, mes grands-parents s'en vinrent à Paris demander à l'oncle Fred de les héberger provisoirement, et comment ils furent éconduits. Ils prirent alors une chambre meublée dans un hôtel vétuste de la rue des Carmes. Mon grand-père n'avait pas renoncé à l'espoir de retourner en Israël, et ils firent une nouvelle tentative qui ne dura que quelques mois, car Joseph tomba malade et dut quitter son travail. Après leur retour en France, Chaya s'improvisa marchande de vêtements sur les marchés de la banlieue parisienne : elle achetait chez les grossistes, marchandait avec ardeur et revendait à faible bénéfice. Elle partait dès l'aube et rentrait tard le soir, n'épargnant pas sa peine.

C'était une petite femme pleine d'énergie. Lorsqu'elle prenait le métro, les bras chargés de ballots de marchandises, il lui arrivait souvent de s'assoupir pour reprendre des forces, mais elle se réveillait toujours avant d'arriver à la station où elle devait descendre. Elle savait apprécier les clients d'un coup d'œil, s'adressant à eux avec une familiarité commerçante et appelant « *ma petite dame* » des femmes qui avaient une bonne tête de plus qu'elle ! Parmi sa clientèle, il y avait quelques

Juifs mais aussi des Italiens fraîchement émigrés en France, et Chaya – qui baragouinait le français (elle parlait russe et yiddish depuis son enfance et avait appris l'hébreu en Palestine.) – trouvait toujours le moyen de se faire comprendre et de lier des relations amicales.

Mes grands-parents habitèrent toute leur vie dans des chambres d'hôtel et des appartements insalubres du cinquième arrondissement de Paris, qui n'était pas à l'époque le quartier huppé qu'il est devenu depuis. Mais Chaya avait le sens de l'hospitalité et sa maison était toujours ouverte à tous – Juifs en partance pour la Palestine ou *'haloutsim* de retour en France, sans le sou, qui dormaient parterre et qu'elle nourrissait comme ses propres enfants. Elle accueillait également des militants communistes se préparant à partir pour l'Espagne, pour y combattre le fascisme dans les rangs des Brigades internationales.

Joseph avait été sioniste avant même de rencontrer sa femme et il consacra les meilleures années de sa jeunesse à dépierrer les routes et à assécher les marécages en Israël. Chaya le suivit toujours, peut-être à contrecœur, car elle aurait certainement voulu avoir une vie plus douce. De toutes les sœurs Shatzky, elle eut l'existence la plus rude. Mais cela ne l'empêcha pas de garder toute sa vie durant un cœur débordant de générosité. Pendant la guerre, elle cacha plusieurs Juifs sans domicile à Paris. Et lorsque les mères de famille italiennes, qu'elle avait connues sur le marché, se rendaient à l'ambassade soviétique, pour y glaner d'hypothétiques informations sur leurs fils, prisonniers sur le front russe, c'est Chaya qui traduisait leurs requêtes aux plantons de service. Ces derniers s'étonnaient de voir cette petite bonne femme juive plaider la cause de ces Italiennes, dont les fils se battaient du côté de Hitler : « *Ce sont des fascistes !* » – « *Peut-être, mais ce sont des mères comme moi* », leur rétorquait-elle.

Après le décès prématuré de mon grand-père, l'année de ma naissance, Chaya ne put supporter de rester seule dans l'appartement où ils avaient vécu si longtemps ensemble. Elle passa de longues années dans une maison de retraite juive, dans la banlieue de Paris. Mes souvenirs d'elle datent de cette ultime période de sa vie où, diminuée et solitaire, elle passait ses journées à lire et relire quelques romans russes qu'elle avait aimés dans sa jeunesse, et notamment *Anna Karénine* qui était son préféré. Chaya avait reçu une éducation juive dans son enfance, mais les nombreuses épreuves de sa vie – la pauvreté, la Shoah et le décès de son mari – l'avaient éloignée progressivement de la pratique religieuse. Peut-être était-elle restée pourtant, dans le fond de son cœur, et jusque dans sa révolte contre

Dieu, fidèle à l'esprit de ses ancêtres, *hassidim* de cette Pologne juive qui n'existe plus aujourd'hui que dans les livres.

Une visite au tombeau de Rahel

Depuis combien de temps ne s'était-il pas rendu sur le tombeau de Rahel, notre mère, sur la route allant de Jérusalem à Bethléem : dix, quinze ans ? La dernière fois, ce devait être lorsqu'il était encore étudiant, ou bien peut-être durant son service militaire, avec le programme de découverte du pays pour les soldats ? À l'époque, la route n'était pas encore coupée par un barrage de l'armée, et on n'avait pas encore érigé ces murs de béton hauts de cinq ou six mètres, qui défiguraient le site et l'avaient transformé en un véritable bunker !

Qu'aurait dit notre mère Rahel – si elle avait pu parler – en voyant sa tombe, autrefois située dans un cadre pastoral qui avait inspiré des générations d'écrivains, de poètes et de peintres, et devenue maintenant une place forte dont l'aspect évoquait plus l'ancien mur de Berlin que la dernière demeure d'une des matriarches ? Depuis des lustres, les Juifs venaient ici épancher leur cœur, car une tradition affirmait que Rahel intercédait en leur faveur auprès du Tout-Puissant et qu'aucune prière prononcée sur sa tombe ne demeurait vaine.

En arrivant à proximité du Lieu saint, il comprit pourquoi il était aujourd'hui ainsi protégé : le sol était jonché de pierres jetées par-dessus la muraille par des habitants arabes des faubourgs de Bethléem, la ville chrétienne jadis réputée pour sa relative tolérance envers les fidèles de toutes les religions, devenue maintenant une « zone autonome » et placée sous le contrôle de l'Autorité palestinienne. Sur le coup, la vue des projectiles éparpillés sur la route le plongea dans une colère noire.

Le plus scandaleux à ses yeux n'était pas même le fait que des fidèles juifs fussent la cible de pierres lancées par des jeunes Arabes, dont certains n'avaient sans doute pas dix ans – car il en avait toujours été ainsi : la lapidation des « infidèles » faisait pour ainsi dire partie de leur culture – et il n'avait jamais eu la naïveté de croire que les accords de paix signés par Israël pouvaient modifier de quelque manière cette réalité millénaire. La nature humaine était immuable ; elle n'avait pas changé depuis l'époque de la Bible, quand Caïn tuait son frère Abel !

Non, ce qui lui parut intolérable sur le moment et lui donna envie de ramasser à son tour une pierre pour la lancer de l'autre côté de la muraille, (ce qu'il aurait sans doute fait, n'eut été la présence des garde-frontière israéliens qui auraient considéré cet acte infantile comme une véritable provocation !), c'était l'indifférence avec laquelle cette triste réalité était accueillie par les médias et par le public en Israël même, où l'on considérait que les jets de pierres sur des véhicules ou des fidèles Juifs n'étaient pas graves, tant qu'ils n'entraînaient pas de victimes…

Ce n'est qu'une fois entré à l'intérieur du mausolée, lorsqu'il eut embrassé la lourde tenture en velours sombre qui recouvrait la tombe et récité quelques chapitres des Psaumes, que son cœur s'apaisa quelque peu et qu'il put laisser son esprit divaguer, au hasard de son imagination… À l'image de Rahel la matriarche, épouse préférée de Jacob, se superposa bientôt celle de Rachel, son amie d'enfance, qu'il avait abandonnée lorsqu'il était parti en Israël à l'âge de vingt ans, renonçant à ses études prometteuses pour devenir soldat dans Tsahal. Qu'était-elle devenue depuis ? Pensait-elle encore à lui parfois ? Leur amour platonique et sans espoir avait laissé une marque profonde dans son cœur, comme une plaie béante qui refusait de cicatriser et que les années écoulées n'avaient pas guérie.

Il ne pouvait s'empêcher, chaque fois que le

souvenir de Rachel revenait le hanter, de la comparer aux autres femmes qu'il avait aimées depuis. Comment expliquer qu'un amour inassouvi puisse laisser tellement de traces ? se demanda-t-il pour la millième fois en pensant à une autre jeune femme, qu'il avait brièvement connue et pour laquelle il n'avait éprouvé qu'une passion fugace et sans lendemain. Sortant du mausolée, il reprit sa voiture et alluma la radio. On passait un air bien connu de Shmulik Kraus, le parolier qui venait de décéder, et c'était – quelle coïncidence ! – une chanson dont les paroles avaient été écrites par une troisième Rahel, la fameuse poétesse dont tous les collégiens d'Israël apprenaient les vers.

« *Un homme cherche, mais ses pas vacillent, Il ne pourra atteindre ce qui est perdu. – Le dernier de mes jours approche déjà peut-être...* » Ces mots, comme chaque fois, éveillèrent en lui une profonde nostalgie. À présent, tout se confondait dans son esprit : l'image céleste de la matriarche Rahel, veillant sur ses enfants qui venaient en pèlerinage sur la route de Beit Léhem ; le visage bien terrestre de son amie d'autrefois, lui inspirant un mélange de regret et d'envie ; et entre les deux, la figure de la poétesse, mi femme mi ange, qui avait brûlé sa vie sur les rives du Kinneret, emportée par la tuberculose à l'âge de 41 ans.

Quand il reprit la route de Jérusalem, le soleil

était caché depuis longtemps, mais le ciel rougeoyait encore à l'horizon. La ville s'était endormie et, levant les yeux vers le firmament où fleurissaient déjà quelques étoiles, il fut empli soudain d'un sentiment de plénitude et de joie débordante. C'était bien cela ! Ces trois femmes, et tous les êtres humains qu'il avait aimés dans sa vie étaient réunis dans une seule image, comme reliés dans un faisceau de lumière... L'amour de Rahel, celui de Léa ; l'affection de sa mère, de ses sœurs ; les femmes qu'il avait aimées et celles qui l'avaient fait souffrir : tout cela s'entremêlait et se fondait dans le même souffle de vie. Cette certitude rassurante suffit à gonfler son cœur d'une sensation intense et grisante, dont il savait qu'elle était éphémère, pour l'avoir souvent éprouvée, mais qu'il savourait chaque fois avec le même ravissement : celle d'avoir enfin surmonté les contradictions de son existence.

Sur les traces du Trésor du Temple

Ouvrant un vieux livre sur le sionisme du professeur Aszes qui traînait sur le dernier rayon d'une étagère, où il prenait la poussière depuis des lustres, je m'aperçus avec stupeur que ce livre avait été emprunté il y avait plus de vingt ans à la bibliothèque du « Centre d'information sur Israël » de la rue du Faubourg Saint-Honoré, à Paris, et que je n'avais jamais pris la peine de le rendre. Aurais-je voulu le faire, que j'en aurais été empêché par le fait que le Centre d'information – vestige d'une époque où l'État d'Israël finançait encore des activités de *hasbara* en diaspora, avant le grand chamboulement du « processus de paix » avec les Palestiniens – avait fermé ses portes depuis bien longtemps.

À cette découverte s'ajouta la surprise de lire, sur la fiche en bristol encastrée dans la troisième page de couverture (les bibliothèques n'étaient alors pas encore informatisées), le nom de Michaël D., ami de jeunesse perdu de vue depuis presque dix ans, qui avait emprunté ce livre avant moi, lorsque nous fréquentions tous deux un mouvement d'étudiants sionistes parisien. Nos chemins avaient bifurqué quelques années plus tard : j'étais monté en Israël tandis que lui, renonçant in extremis à son projet insensé d'abandonner ses études de droit pour se faire instituteur dans le fin fond de la Bretagne – province natale de sa mère – avait fini par devenir avocat au barreau de Paris.

Il avait assez bien réussi, selon le témoignage d'un ami commun, le docteur David Klein, médecin à Jérusalem qui avait eu recours à lui pour une obscure affaire de droit de la presse. Son épouse enseignait en effet le droit international et était l'auteur d'un volumineux traité sur la Cour européenne de Justice, qui avait été critiqué vertement par un professeur belge, lequel avait pris prétexte d'une banale recension dans une revue juridique pour calomnier l'auteur du livre et se livrer à une attaque en règle contre Israël, aux relents antisémites.

Sortant d'une salle de cinéma du théâtre de Jérusalem, situé dans le quartier cossu de Talbieh, nous étions tombés, ma femme et moi, nez-à-nez avec les époux Klein qui nous avaient raconté, attablés devant un verre de cidre chaud à la cannelle, les dernières péripéties de cette interminable procédure. Plus tard, ayant quitté le théâtre pour poursuivre notre discussion dans la nuit printanière et embaumée de Jérusalem, le docteur Klein m'avait confié que l'occupation à laquelle il consacrait ses journées, délaissant à son profit son cabinet et ses patients, était la recherche du trésor du Temple, disparu depuis l'époque de l'occupation de la Palestine par les légions romaines !

J'avais déjà eu vent de sa passion pour l'archéologie, plusieurs années auparavant, mais je n'avais jamais imaginé qu'il puisse s'y vouer corps et âme, au point de passer des journées et des nuits entières dans le désert de Judée, scrutant le moindre rocher pour trouver un indice de la présence hypothétique d'un trésor caché, que des dizaines d'aventuriers avaient sans doute vainement cherché avant lui ! Pouvait-on imaginer un contraste plus saisissant que celui qui opposait mon ami, médecin passionné d'archéologie et de vieux grimoires et son épouse, professeur de droit international public qui conciliait sa carrière académique avec une clientèle privée, dormant quelques heures par nuit et se tenant constamment au fait des derniers développements du droit, pendant que son mari courait après d'innocentes chimères ?

Alors qu'elle expliquait avec brio à ma femme pourquoi la tentative palestinienne d'obtenir la reconnaissance unilatérale de leur État était vouée à l'échec, j'écoutais David Klein parler des dernières pistes que lui avait suggérées un rabbin kabbaliste, qui devaient inéluctablement le conduire à découvrir le Trésor du Temple d'ici quelques semaines, peut-être en même temps que la proclamation de « l'État palestinien » devant l'Assemblée générale des Nations unies ! Les répercussions internationales de sa découverte archéologique seraient telles –il en était intimement persuadé – qu'elle éclipserait les manœuvres diplomatiques palestiniennes, sauvant ainsi Israël d'une catastrophe quasi-certaine…

Lorsque nous nous séparâmes de nos amis – la nuit était déjà bien avancée et les rues de Talbieh étaient désertes – je restai sous le coup des impressions contradictoires de cette rencontre. Sur le moment, j'avais eu envie de considérer toute cette histoire de trésor enfoui dans le désert de Judée comme un conte à dormir debout, sans doute une nouvelle manifestation du fameux « syndrome de Jérusalem… » Mais en y repensant le lendemain matin, après une nuit agitée et emplie de rêves bizarres, je me dis que l'entreprise de mon ami n'avait rien de farfelu ou d'extravagant et qu'il n'était pas plus absurde de chercher le trésor du Temple que de vouloir convaincre le monde entier, par des arguments rationnels, de nos droits légitimes sur cette terre.

Jour de Sharav à Jérusalem

Le portrait d'un *'Halouts*

Je n'ai pas connu mon grand-père. Il est mort en 1967, quelques mois après ma naissance, alors que mes parents se trouvaient en année sabbatique à l'université de Princeton aux États-Unis. De cette année fatidique, qui fut celle de ma naissance et de sa disparition, à un âge relativement jeune, je n'ai évidemment pas de souvenir, sinon des images fugitives provenant du récit que m'en ont fait mes parents : une petite maison de bois sur le campus de l'université, et des professeurs déambulant avec un transistor collé sur l'oreille, pour écouter à tout moment les nouvelles en provenance d'Israël.

Pendant de nombreuses années, la figure de mon grand-père s'est identifiée dans mon esprit à sa photographie, prise dans les années 1920 en Eretz-Israël, où il avait fait son *alyah* peu de temps après la fin de la Première Guerre mondiale. Cette photographie mystérieuse le représente vêtu d'un costume de bédouin, comme l'étaient alors les « *Chomrim* », les membres de la garde à cheval, qui constitua l'embryon de la Haganah, future armée de Défense d'Israël. Longtemps exposée dans la bibliothèque de mes parents, cette photo l'est aujourd'hui dans la mienne, à Jérusalem. Les invités, qui la découvrent, ne manquent jamais de demander qui est ce jeune homme à la prestance majestueuse, qui ressemble vaguement à Lawrence d'Arabie, sans pouvoir deviner qu'il s'agit de mon grand-père.

De quelle année précisément date-t-elle ? Quand s'était-il engagé dans les rangs des *Chomrim* ? Je l'ignore. C'est la raison pour laquelle ce portrait illustre à mes yeux le caractère à la fois proche et lointain de ce grand-père que je n'ai pas connu. Monté en Israël peu après ses vingt ans, il y travailla successivement comme *'halouts* – pionnier dallant les routes dans le cadre du *Gdoud ha-Avoda*, le « Bataillon du travail » – puis comme ouvrier du bâtiment, avant de contracter la malaria, ce qui le contraignit à se fixer à Jérusalem, où ma mère naquit en 1928, dans l'hôpital italien de la rue des Prophètes. Quelque temps après, mes grands-parents finirent par retourner en Europe et s'établirent en France. Pendant la guerre, ils furent internés dans le camp de Drancy – qui était pour beaucoup de Juifs l'antichambre de la déportation à Auschwitz. Ils durent leur salut aux papiers de « *sujets britanniques* » que leur avait envoyés un cousin de Palestine ; l'Allemagne ne déportant pas les Juifs sujets de l'Empire.

Lors de ma première visite en Israël, à l'âge de dix-sept ans, je me suis rendu au kibboutz Gan Shmuel, dont Joseph avait été l'un des premiers membres, avais-je entendu dire. J'espérais y trouver une trace de son passage, peut-être un nom sur une plaque, ou même une photo dans une salle consacrée aux membres fondateurs... Ma visite fut brève et décevante. Dans l'immense réfectoire, qui ressemblait plus à une cantine d'entreprise qu'à une salle-à-manger commune, je ne trouvai personne qui puisse me renseigner, ou tout simplement qui souhaite échanger quelques souvenirs avec un jeune touriste français. L'esprit du kibboutz ne soufflait plus en ces lieux, pensais-je en reprenant la route de Haïfa. Bien des années plus tard, je découvris quelques photos des années 1920 sur le site Internet du kibboutz. Mais aucune trace de mon grand-père.

Plus de vingt ans ont passé depuis cette visite à Gan Shmuel. Entre-temps, je suis à mon tour « *monté* » en Israël. J'habite à Jérusalem et il m'arrive souvent de me rendre dans la bibliothèque de l'institut Ben Zvi, située dans une petite rue paisible au cœur de Rehavia, dans laquelle j'écris et fais des recherches. À plusieurs reprises, j'ai consulté de nombreux ouvrages sur la période d'avant l'État, cherchant vainement dans leurs pages jaunies une trace de Joseph. *L'histoire des Chomrim, Les pionniers de la Deuxième Alyah, Le Bataillon du travail...* J'ai passé de longues heures à chercher quelque indice du passage de mon grand-père en Eretz-Israël, scrutant les vieilles photos des gardes à cheval, croyant parfois le reconnaître à travers les traits d'un jeune et grand *Chomer*. J'ai fini par me rendre à l'évidence : aucun livre ne décrivait son action personnelle et sa participation à l'entreprise héroïque de construction du foyer national juif. Joseph faisait partie des sans grade, des ouvriers, qui avaient donné leur sang et leur sueur pour édifier le pays et défricher les marécages, sans devenir célèbres et sans que leur nom soit inscrit dans les livres d'histoire. Le sionisme, comme toute entreprise collective, a ses héros connus de tous et ses soldats anonymes. Joseph faisait partie de ces derniers. Il était un de ces « soldats anonymes qui écrivent l'histoire – en laissant les honneurs aux hommes célèbres », dont parle Jabotinsky.

Le soir du « *Yom ha-Shoah* », en 2007, je regardais à la télévision un reportage sur le scandale des survivants de la Shoah en Israël. Des centaines de rescapés des camps de la mort, qui vivaient en Israël depuis 60 ans et n'avaient pas les moyens de payer leurs médicaments, alors même que l'organe central, qui avait recueilli les fonds des réparations allemandes – la *Claim's Conference* siégeant à New York – laissait plusieurs dizaines de millions de dollars fructifier sur ses comptes bancaires. Relatant cette émission à ma mère, je fus surpris lorsqu'elle m'expliqua que son père n'était jamais revenu s'installer en Israël après la guerre, en raison précisément de ces Réparations allemandes ! S'il avait réalisé son rêve sioniste en retournant vivre en Israël, après 1945, il aurait en effet dû céder à l'État sa pension versée par l'Allemagne. Ainsi, découvrais-je avec étonnement, mon grand-père avait été contraint de demeurer en exil – au lieu de retourner s'installer dans le pays auquel il avait donné les meilleures années de sa jeunesse – par crainte de devoir y vivre dans le dénuement.

Cette découverte était lourde de sens à mes yeux, parce que j'avais connu le même parcours, à deux générations de distance, que celui de Joseph. Monté en Israël plein d'idéal, j'en étais reparti au bout de quelques années, pour des raisons essentiellement économiques, avant d'y retourner. Ayant renoncé à retrouver la trace de mon grand-père, je compris soudain que mon itinéraire personnel s'inscrivait dans la suite du sien, et que – à défaut de pouvoir trouver en Israël les traces physiques de sa présence et de ses années de pionnier – je pouvais, en y élevant mes enfants et en y replantant des racines, perpétuer l'œuvre du *'halouts* qui avait, comme tant d'autres, pris part à la construction de notre pays.

TABLE DES MATIÈRES